AF373139

Flores del camposanto

Flores del camposanto

Yansulier García Álvarez

Primera edición: agosto de 2023

Maquetación, corrección, diseño y edición: Yansulier García Álvarez
Ilustración de portada: DALL-E

ISBN: 978-2-9821463-1-0

Depósito legal: Bibliothèque et Archives nationales du Québec

A mis Fieles Difuntos

No sé qué tienen las flores, llorona
Las flores de un camposanto

Que cuando las mueve el viento, llorona
Parece que están llorando

«ESTOY VIVO»

Voici venir les temps où vibrant sur sa tige
Chaque fleur s'évapore ainsi qu'un encensoir
Charles Baudelaire

Cuando Jean Ferrand logró soltarse del estribo, rodó por tierra como un fardo, desgarrado por la grava y las espinas. Aturdido, con el pulso desbocado y el tobillo ardiendo, se encontró inerme en medio del matorral. Sin rastro del campamento, ni de *miss* Emily, ni de su caballo. Solo monte ralo, rocas, insectos, y ese silencio agudo que precede a las catástrofes.

No tardó en percibir una presencia. No un sonido, no un movimiento… una mirada. La mirada de algo oculto, en vilo, como si el mundo entero estuviera conteniendo la respiración.

En aquel rincón de polvo y viento, la vida pendía de un hilo. La muerte no gritaba, solo esperaba paciente, agazapada como las alimañas en las grietas de las piedras. Atravesar la gran pradera era resistir, empujar el cuerpo casi por inercia hacia un horizonte engañosamente dorado. Gravitar entre la promesa y el olvido. En uno u otro caso, hacia la nada.

Apenas unos minutos antes de hallarse en aquella situación, Jean escudriñaba la penumbra insondable, como si intentara descifrar un acertijo. La frontera, le había comentado a la señorita Emily, no solo era un lugar físico: era una condición del alma. Y vivir bajo su impasible cielo significaba aprender a abrazar la incertidumbre, a amar con rapidez, a desconfiar del mañana. Era una batalla diaria contra el impulso de rendirse y el riesgo de perecer.

Había sido el último en sumarse a la caravana. Jean Ferrand no buscaba oro, ni tierras, ni redención. Nada le faltaba, salvo un motivo. Era un libertino, un hedonista sin causa, un cínico encantador; alguien que bailaba en la cornisa del abismo con la misma desenvoltura con la que encendía un cigarro. Vivía como si su vida no le perteneciera: jugándosela a los dados, al deseo, a la deriva. Parecía convencido de que morir era solo otro juego, uno más elegante si se lo asumía con una copa en mano. Oscilando entre la pluma y el revólver, entre la poesía y la perdición, irradiaba ese magnetismo inquietante de los hombres rotos que saben reír. Según rumores, era un personaje de novela, y él no desmentía esa fama: cultivaba sus ojeras como medallas, y su aliento etílico cual perfume de tragedia.

Se había incorporado a la expedición de mala gana, como quien acepta una apuesta absurda, tras un duelo originado por la mezcla clásica de naipes, putas y *whisky*. Había matado a su contrincante con un tiro limpio, y los hermanos del muerto —pistoleros con sed de venganza— no lo perdonarían. Así, sin equipaje y sin fe, con la parca pisándole los talones, Jean se enroló en el convoy. No por cobardía, sino por ese ligero desprecio por sí mismo propio de los que aún no han amado nada de verdad, ni siquiera su vida.

En aquel instante en el corazón de la maleza, como en más de una ocasión durante la travesía, Jean se preguntó si acaso no hubiera sido mejor enfrentar a sus enemigos. Por primera vez en mucho tiempo —tal vez en toda su vana existencia—, no se consoló en sus frases ingeniosas ni en su fatalismo de *saloon*. No era una ronda bohemia, sino de sangre. No era el escenario de un folletín, sino un mundo sin metáforas. Y él estaba solo. Solo de veras.

—¿Vale la pena? —había inquirido *miss* Emily poco antes, en voz baja, como temiendo romper la frágil tregua de la noche.

Él oteó la fogata, se dio un trago de *whisky*, no se apuró en ripostar.

—Quizás —masculló al fin sin convicción—. Quizás sea preferible correr hacia una ilusión que quedarse varado en un sitio sin esperanza. Correr es vivir. Detenerse es morir. Eso lo he aprendido en este viaje.

La chica bajó la cabeza. No profirió palabra, pero en su rostro se adivinaba una respuesta, un reconocimiento, un hallazgo similar. Y en ese momento preciso, el universo también hizo silencio… Los perros gruñeron, tensos, las orejas alertas. Nadie les prestó atención. Luego, de pronto, fue el primer grito.

Con una saeta hundida en el cuello, un centinela cayó de bruces. El segundo apenas tuvo tiempo de volverse antes de derrumbarse, con un hacha clavada en la frente. Entonces sobrevino el estampido de los rifles, el relincho de caballos, el chillido de los niños. El campamento se convirtió en un hervidero de sombras y chispas bajo una lluvia de flechas. Los atacantes surgieron de la noche, rápidos, sigilosos como la brisa. Plumas, cuerpos decorados con tintes y motivos de guerra, destellos de acero: figuras fugaces entre el fuego y la pólvora. Franquearon la línea de carretas, macanas, lanzas y cuchillos en mano, asesinando a los pioneros en las tinieblas. *Miss* Emily forcejeó con un guerrero antes de que este la arrastrara por los cabellos hacia la oscuridad.

Jean Ferrand se aprestó a galopar tras ellos, pero el caballo, enloquecido por el miedo, se alzó sobre sus patas traseras y salió disparado en dirección contraria, lanzándolo al piso y tirando de él, un pie prendido aún del estribo.

Y así llegó allí, a la soledad de la manigua.

Por fin se levantó y echó a correr. Aquel (o aquello) que lo observaba no le perdió la pista. Corría asimismo tras él, sin ruido, implacable, como si no tocara el suelo. Todo lucía suspendido en una claridad onírica, irreal. El alba empezaba a bañar el mundo en un resplandor tibio y húmedo, casi sagrado. Jean corría con el corazón en la boca, a duras penas, tropezando y haciendo acopio de sus fuerzas. No solo por el pavor de ser atrapado, sino por algo más hondo: una súbita conciencia de vida.

Apreciaba, en efecto, la vida brotar en cada latido, en cada zancada, y en su desesperada carrera, el terror se mezclaba con un amor repentino por todo lo que sus ojos podían ver. El barro pardo. El vuelo torpe de un pájaro entre las ramas. El temblor de una hoja perlada de rocío… La vida, en su belleza fugaz, era una gema a la que se aferraba con uñas y dientes. Y pensaba: «Es demasiado hermosa para perderla, para renunciar». Al mismo tiempo, en el fondo, se sabía condenado. Era inevitable.

En cuanto el perseguidor le dio alcance, Jean se volteó hacia él... Era joven, fornido, como si su cuerpo hubiese sido tallado expresamente para cazar y matar. Llevaba el torso desnudo, cubierto de cicatrices y símbolos pintados con barro seco y sangre vieja. Sus ojos, dos carbones apagados, no reflejaban odio ni rabia, solo una serenidad antigua, como la de la montaña o el río. Había en ellos vacío. Un vacío que no era humano, sino más vasto, metafísico. Sin remordimiento ni compasión. Y Jean comprendió de golpe que no huía de un hombre. Huía de la Muerte misma, disimulada tras la máscara de un aborigen. «Por favor, no me mates —le suplicó poniéndose de rodillas—. Estoy vivo. Amo la vida».

Ante sus lágrimas, el otro no vaciló. Jean cerró los ojos. Y sintió el filo del cuchillo en su garganta.

Un corte leve, como una caricia de hielo. No hubo dolor: solo tristeza. La inmensa desdicha de abandonar todo aquello que apenas comenzaba a atisbar. Ganaba la Muerte, se dijo, mas nomás por la epifanía, su tentativa de salvar el pellejo no había sido totalmente en balde.

Fue un lapso brevísimo, tan breve como el pestañazo de un dios. Cuando Jean Ferrand abrió los ojos de nuevo, sangraba, pero seguía vivo. La Muerte había desaparecido…

LA NOVEDAD

Vieja espiral del olvido
que vas a dar la vuelta de mi nombre
alíviame el instinto cotidiano
cuando redoble sobre mí la lluvia
y me pierda en las hojas
Ada Elba Pérez

Hacia las dos de la tarde, el soplo de la pradera irrumpió en el pueblo. Semejante a un resuello de dragón, el viento erró en las calles y chamuscó los jardines; se escurrió luego en las casas y también en los pechos, hasta purificar en cada ámbito la desilusión. «Aristóteles…», suspiró Ánima. Mientras su madre cortaba una pucha de rosas, la niña seguía buscando al gato barcino que se las daba de rey del solar. «Olvida ya a ese animal», le ordenó la mujer con aspereza. «Anda a vestirte, que vamos a llegar tarde».

Ánima la miró sin pestañear. Tenía ojos grandes y expresivos, negros como su pelo lacio; la piel en los puros huesos, y el alma vieja desde mucho antes de los nueve años. Siempre que la mascota desaparecía, doña Aria le reprochaba el no haber adoptado una hembra: «Los gatos machos son como los hombres; el día menos pensado parten a la aventura, se enamoran y no se les vuelve a ver el pelo». La comparación no era fortuita: Ánima no conoció a su progenitor. Su madre la había criado e instruido sola, con un rigor austero, pragmático, sofocante, enseñándole a portar dignamente la pobreza y a no fiarse nunca de la envolencia de los hombres. Aristóteles, no obstante, regresaba siempre tras unas horas de expedición, presumiendo si acaso alguna que otra cicatriz de guerra. Esta vez, en cambio, la mujer quizás tuviera razón, pues el felino acumulaba varios días ausente. «Sí, madre», musitó la niña, y entró a la casa a las volandas. Antes de enfundarlo, observó por unos segundos el vestidito de zulú negro tirado sobre la cama, similar al que se había puesto la doña para asistir al funeral. Lucía como una mortaja presta para llevar en vida.

En vida… ¿Qué vida? La verdad era que no había mucha diferencia entre las almas en pena y los habitantes de aquel asentamiento ignoto e ilusorio en la distancia cual su propio nombre: Windtown. La madre de Ánima, amarga como la retama, no sabía por qué se lo rebautizó después como Pueblo Bonito; para ella era evidente que los entusiastas adeptos de *miss* Evangeline, de no haber estado poseídos por un optimismo obtuso, habían hecho gala de un acendrado sarcasmo. Sea como fuere, todavía percibía cierta poesía trágica en la gente del poblado, dividida y desangrada entre su aridez espiritual y el fanatismo cristiano, y más aun en la ubicua desolación de aquellos predios: en los arbustos rodantes y sus estelas de polvo carmelita; en las vacas que, cual famélicas bestias prehistóricas, mugían en las dehesas, acechadas por las auras; en los molinos de viento petrificados por el óxido, torcidos o decapitados durante las tormentas; en los pozos secos de los patios y las casitas de madera con techos de palma que se pudrían en octubre, en cuyas salas languidecían los retratos de difuntos honorados por las jardineras de la muerte.

La muerte… Solo la muerte gozaba allí de buena salud. A pesar de su ostentosa omnipresencia, sin embargo, hasta entonces no se le había manifestado a Ánima en todo su esplendor, si bien a ella no le eran del todo ajenos sus rituales. En más de una ocasión, había acompañado a su madre a los velorios de familiares y conocidos de aquel pueblo chico de infierno grande, morbosa costumbre que en el de Agripina, que en paz descanse, alcanzaría un punto de no retorno a la inocencia. Por primera vez se asomaría a un ataúd para ver al difunto.

A la vieja Agripina la velaron en el sitio en que malvivió por demasiados años con una hija alcohólica y par de nietos harapientos;

una casucha agobiada por su propia pesadumbre en medio de un patio en ascuas donde a esa hora de la tarde se retorcía el mastuerzo y se achicharraban las chicharras. Lo mismo que afuera, el interior era miserable y cochambroso, apenas enaltecido en ocasión del funeral por la solemnidad de los condolientes, el candor de las velas y el tufo triste de las coronas. Doña Aria saludó parcamente al entrar y enseguida se acercó al ataúd para depositar sobre él las rosas y echarle un vistazo a la muerta. Ánima, con fundamento y sin preámbulos, la imitó, impelida por una suerte de curiosidad científica.

En aquel instante al borde del abismo, Agripina no le pareció inerte, sino dormida, tocada por una serenidad inefable y la mortaja de color ceniza. Así nomás se le presentaba la muerte: no como una probabilidad remota y metafísica, más bien como una realidad inmediata y natural análoga al estado de sueño. «Agripina, la anciana y noble durmiente amortajada», fantaseó la niña, pues sin dudas había algo estético en aquella forma de yacer, en su rostro distendido y el sudario de cenizas. Como una Ofelia decrépita flotando entre los nenúfares de un arroyo estigio. Perdida en sus novelerías se sentó Ánima en un taburete adosado a una de las paredes del cuarto.

Como todo buen velorio, el de Agripina sería harto aburrido para ella. No se podía mover, ni hablar, ni aceptar nada, según instrucciones de su madre. Levitaba en ese limbo de tedio y sopor, ajena a las conversaciones en sordina de los adultos, cuando a través de la ventana creyó divisar a Aristóteles en medio del muladar reverberante del patio. Hubiérase dicho que la escrutaba con una mirada inteligente, plena de misterio. Ánima estuvo a punto de saltar del asiento y correr a atraparlo, pero hubo de contenerse; de haber osado, habría recibido en el acto un responso de doña Aria. Luego alguien mandó a todos a abandonar por unos minutos el recinto para abrir el ataúd y sacudir unos piojos que caminaban sobre el rostro de Agripina. Cuando la niña salió al patio, el gato se había escabullido, como si se hubiera súbitamente volatilizado por obra y gracia de la brisa.

De vuelta a la habitación, percibió un hálito de formaldehído. Otra vez de penitencia, se quedó contemplando el ataúd, sobre el cual habían colocado ahora, en un pomo de boca ancha con agua, aquel ramo de rosas renegridas que parecían pisoteadas. Estaba tan hastiada que casi quería trepar por las paredes, mas quién sabe por qué razón prefirió imaginarse allí tendida reemplazando a la finada. Una distracción insulsa que tornose pronto en pavorosa constatación: algún día también ella moriría. Y al columbrar un más allá vacío, gris y definitivo, Ánima sintió que se asfixiaba, como si la estuvieran enterrando viva. Poco a poco, los ojos se le humedecieron.

—¿Qué te pasa? —preguntó su madre.

—Nada…

La conciencia de la muerte, su aceptación como única certeza inevitable, afirmaba una señora, era lo que confería valor a la existencia. «Como quiera que sea, lo cierto es que en esta vida no se puede andar cogiendo tanta lucha —sentenciaba otra—. Al final, no somos nada». Desesperada, Ánima pretendió convencerse de que, para conjurar aquel miedo inédito, lo mejor era no pensar en él. No solo porque pensar en la muerte impidiera vivir la vida, como sugerían las comadres; también porque prefigurarla, saber cómo era, qué se sentía, le resultaba imposible. Imposible, por más que se esforzara, imaginar cómo sería el no pensar, el no sentir, el no existir... Era como intentar recordar qué había experimentado antes de nacer. Evocar la experiencia de la nada. Con todo, habiendo vivido y saboreado la consciencia de sí misma y del mundo por medio de sus sentidos, ese dulce estado primigenio anterior al nacimiento no generaba en ella igual angustia y pesar, la misma sensación de claustrofobia y añoranza anticipada que el inexorable estado postrero.

A las cuatro de la tarde salió el entierro. El féretro fue instalado sobre un carretón tirado por un mulo, el cual sería sucedido por una procesión cada vez más menguada hasta el pequeño cementerio en las afueras del poblado. El viento soplaba constante arrastrando consigo los estepicursores, de modo que durante el trayecto las coronas comenzaron a deshojarse. Ánima caminaba al lado de su madre con dificultad a causa de las ampollas que le provocaban sus zapatos de charol desconchado, pero sobre todo por el agobio de sus reflexiones. Los que no escoltaban a Agripina hasta su última morada ora se asomaban en silencio a los portales para ver desfilar el cortejo bajo un sol que rajaba las piedras, ora cerraban puertas y ventanas. Levantando una nube de polvo y flores despetaladas, ya cerca del camposanto, pasó junto a él un carrito de buen motor y guardafangos corroídos, seguido a todo galope por un jinete adolescente. «¡Qué barbaridad! —se persignó doña Aria—. En este pueblo no respetan nada». El ataúd fue enterrado en una tumba sin lápida identificada con dos tablas en cruz: «Agripina, *requiescat in pace*».

De regreso en casa, lo primero que hizo Ánima fue quitarse los zapatos y aquella especie de sudario en que se había estado cocinando a fuego lento. Fue al patio con la esperanza de encontrar por fin a Aristóteles; tenía la impresión de que el minino la había espiado toda la tarde. A la lumbre del crepúsculo, el rosal era de color sepia. Y allí, entre las flores devenido un hervidero de perlas vivas, estaba el gato: la boca abierta, el vientre inflado, las patas rígidas.

La fetidez que de él emanaba le golpeó la nariz, le revolvió el estómago, le dio vértigo. Aristóteles, el guerrero de las mil batallas invicto, era apenas ahora un residuo que sudaba lentamente sus humores, mero pasto de hormigas y gusanos. Lo peor era aquel ojo que la miraba sin verla; la ausencia de mirada en el ojo opaco; el órgano apagado, desprovisto de vital fulgor. Ánima pensó en Agripina mientras el hedor le apretaba la garganta amenazando con transformarse en náusea: ni la anciana, ni su madre, ni ella…, nadie era diferente de aquel ser orgánico en franca descomposición. Todos acabarían como él, cubiertos de moscas verdes y devorados por las larvas. En *shock* permaneció su mente unos segundos ante el espectáculo de la esencia individual disuelta; muda ante el discurrir irrevocable de la carne hacia la amorfa manifestación del todo, del no ser. Entonces vino la arcada… y luego el vómito.

Cuando Ánima se hubo sosegado, la luz se había hecho en su espíritu: para morir hemos nacido, la muerte engendra vida, todo es eterno retorno. La cháchara de aquellas comadres cobraba sentido. En medio del jardín marchito, a unos metros de la carcasa, la niña se acostó con la espalda sobre la tierra, las manos entrelazadas encima del vientre. Examinó, más allá de las rosas, la incandescente rada del cielo. Había sido un día largo y denso, pero en ese instante las cosas parecían mucho más despejadas. Ojalá pudiera terminar ella en un lugar así, al aire libre, abonando con sus restos las raíces de las plantas. Y que sus huesos fueran blanqueados por la lluvia, calcinados y convertidos en polvo bajo el sol ardiente, barridos junto a su recuerdo por los vientos del olvido… Ánima se sintió de pronto conectada con el mundo, en perfecta armonía con él, llena de una paz inconmensurable.

RULETA

A la memoria del abuelo de Mariurka

Eché mano al revólver. Yo mismo emboqué la bala y le di vueltas al barrilete; respiré hondo y se lo solté a Porfirio como una papa caliente. Él estaba nervioso y yo también, pero qué carajo, una vez montados en el burro, había que darle los palos. Mi amigo se metió otro cañazo, hizo girar el quimbo en torno al índice, como los pistoleros del Oeste, y me apuntó a la sien. En ese momento me pasaron muchas cosas por la cabeza: mis padres; el bachillerato, que ya nunca cursaría; mi novia Felicia, linda como una rosita de alabastro… Porfirio se armó de valor, tragó en seco… y apretó el gatillo.

Bang bang, he shot me down
Bang bang, I hit the ground
Bang bang, that awful sound

Me acuerdo como si fuera hoy. Aquella tarde maldita, había invitado a Porfirio Sánchez y a Horacio Amador a darnos unos tragos en el Club Náutico de Ocamaniri, cuyo cantinero, un pichón de isleño recortado, calvo y torombolo, era experto en preparar escabeche de picúas. Porfirio, por supuesto, no se lo pensó dos veces. A Horacio, en cambio, hubo que darle tremenda coba y desarmar uno a uno sus pretextos para no ir: que si la lluvia y los truenos, que si los aparecidos, que si el copón divino. Por fin, mis compadres se montaron en La Cocaleca, un carrito de buen motor y guardafangos carcomidos, y entinglaron rumbo al club. Yo los seguí a caballo. Era verano, pero parecía diciembre en las dehesas, donde el ganado formaba revacaderos a la sombra de los algarrobos en flor, y sobre el verde de la manigua resaltaba el blanco de un ceremil de aguinaldos

provocando la sensación de ver campos neva-
dos en estas tierras tropicales. Qué placer
galopar por aquellos parajes.

En las primeras mesas del club jugaban
póker y bebían Gilberto Collazo, Ming Gle-
yero y otros refistoleros y saltapericos de la
zona. Desde las mesitas de la terraza se
avistaban los barcos atravesando la bahía del
poblado, ceñida de cocoteros desgreñados y
mangle prieto, y amenazada por una tempestad, allá lejos, sobre horizonte. El calor embu-
llaba a pedir a voces una cerveza bien fría. A
esa hora, el mar nomás susurraba a las faldas
de la terraza, y su tibio aliento de sal, arena y
caracoles, junto al repertorio sentimental
y premonitorio del autopiano, enseguida nos
puso románticos.

Seasons came and changed the time
When I grew up, I called him mine
He would always laugh and say
Remember when we used to play?
Bang bang

Solo por estas razones valía la pena salir
de Pueblo Bonito y venir al club. Era para

mí un viaje un poco difícil, a decir verdad, aunque no tanto la ida como el regreso, y todo por culpa de Horacio y su contagioso miedo al Babujal y a las historias de apariciones. Todavía a su edad se la pasaba repitiéndonos lo que ya todos habíamos oído desde niños: que por esos caminos de Dios solía errar en las noches sin luna el fantasma insomne de William Blake. Nos contaba, además, de brumosos senderos que imperceptiblemente se abrían, se bifurcaban, se entretejían y se cerraban extraviando para siempre a los paseantes, y de güijes y cagüeiros al acecho tras los matorrales o a la vera de las cañadas. Por eso, en el fondo, había convencido a mi padre de que me comprara el revólver. Desde entonces, cuando a toda galucha volvía ya tarde a la finca, arma en mano y dedo en el gatillo, apuntaba a un lado y otro de aquella penumbra como boca de lobo. ¡Ja, pendejadas de muchacho!

Music played and people sang
Just for me the church bells rang

Cuando hay juventud no hay experiencia, y cuando hay experiencia no hay juventud, deploro hoy. Después de aquella locura, la Guardia Rural me prendió de inmediato y fue mejor así, porque la madre de Porfirio andaba como vaca recentina jurando que me iba a matar con sus propias manos. La pobre, hasta le dio un patatús. Luego mi abogado vino a hablarme a la Jefatura Municipal; me recomendó declarar a la hora del juicio que nos habíamos encontrado el revólver dentro de un cartucho y que empezamos a joder: tú no estás más borracho que yo; no, que yo estoy más borracho que tú… y que así se nos fue el tiro. Si todo iba bien, solo me saldrían seis meses de la casa a la escuela, porque yo apenas tenía catorce años. Pero, en realidad, las cosas sucedieron como comencé narrando.

Bang bang

Cuando Porfirio me apuntó a la sien y jaló el gatillo, el mundo no dejó de existir. Continué percibiendo como si nada la algarabía del club, los truenos lejanos, el rumor de las olas y los retazos sonoros del autopiano. Borracho como un perro, mas seguro de mis gestos, tomé el arma en cuanto mi amigo la acomodó a su gusto. Le apunté al abdomen y… ¡pam! Mi caballo arrancó de cuajo el guardafango de La Cocaleca y en el salón se armó un tremendo salpafuera, que mis sentidos percibieron como si se tratara de una vieja película silente. Creyendo que era una bronca, la marchantería del establecimiento se tiró al agua, entre ellos nuestro socio Horacio, pues el próximo turno era el suyo, y tenía una güica que no se aguantaba en pie, tan entelerido como era, con aquellas zancas de gallo panameño. Porfirio y yo nos quedamos solos. «Yo creo que me mataste», me espetó tocándose la barriga todavía con cara de incredulidad, y agregó casi sin voz: «Pero vamos a terminar de tomarnos el trago que tenemos servido». Tras el último buche, caminamos tambaleándonos hasta la puerta. Él estaba blanco como un papel, tinta en sangre la camisa de nipe blanco. «Me está faltando el aire, Fortunato…», dijo segundos

antes de perder conocimiento, y de que toda
el agua del cielo se desplomara sobre la Isla
Redonda. Fue ahí que la Guardia Rural me
detuvo, y que a Porfirio lo condujeron ur-
gente al municipio, para la clínica del doctor
Aldereguía. Supe luego, por mi novia Felicia,
que la bala le hizo cuatro perforaciones: dos
en el colon y dos en el vientre, y que hubo
hasta que desviarle el recto. «Lo que traen los
juegos», se lamentaba llorosa mi madre.

Gracias a Dios, Porfirio sobrevivió. No era
ningún cagao, sino mi hermano, hombrín a
todo, y así lo demostró. Se estuvo muriendo
y jamás me echó la culpa de nada, ni reveló
que todo había sido jugando a la ruleta
rusa. Meses después del juicio, me fue a
buscar. Aseveró muerto de risa que ya estaba al
quilo y se sentía bien, y que había que cele-
brar en grande la puta fortuna de estar vivos
y todavía ser amigos. Entonces nos alzamos
y nos fuimos a todos los bares y bayuses de
la mala muerte habidos y por haber; reco-
rrimos el de Cocalito, el de Pozo, el de Nené
Ferrer, ¡cogimos la juma del siglo!, y en

Windtown nos metimos en la casa de citas de *madame* Nefelibata, a sapear con la Venturosa y sus chincholetas, y no resucitamos de nuestras cenizas hasta el tercer día.

Había cosas que, pese a todo, escapaban a mi adolescente comprensión. No entendía cabalmente, por ejemplo, cómo el alcohol y la amistad, o nuestra inmadurez y negligencia, nos llevaron a coquetear de aquel modo con la pelona. El azar es ciego, pero injusto, me martillaba yo una y otra vez, intentando explicarme por qué personas que juegan con fuego salen invictas, mientras otras, sin beberla ni comerla, no viven para contarla. Todavía hoy, contrariamente a Felicia, quien sostiene que todo es resultado de leyes deterministas, para mí el porvenir no está reservado ni a temerarios ni a prudentes: el futuro pertenece a los supervivientes de la absurda y caprichosa ruleta del destino.

REGLADA ARMONÍA

A Darilys, alma lorquiana «entre hojas del tiempo»

¡Qué exquisita gracia la de saber que todo está bien!...
La de entender la armonía de lo inarmonioso.
Dulce María Loynaz

Se la vio pasar por el callejón polvoriento a una hora en que el calor no nos había caído todavía encima cual una maldición. Iba vestida de nube, como para una boda modesta, aunque solo fuera a entregar un encargo. Una muchacha esbelta, trigueña, bonita; de cabello rizado y ojos claros, cuyo rostro me pareció siempre de una belleza extraña. Hubiérase dicho un suspiro, un ángel perdido en estos predios del infierno.

Desideria Destino era, en efecto, uno de esos seres que definitivamente no son de este mundo; que no existen del todo sino hasta el momento preciso, cuando se nos vuelven necesarios. O hasta que alzan el vuelo así, sin avisar, y nos percatamos de súbito de que ocupaban un lugar especial en algún recodo de nuestras vidas. En Pueblo Bonito, la gente la adoraba; su cordialidad, su diáfana sonrisa; aquella mirada tan tierna, tan limpia... Era la única persona con quien podía conversar sin fingir, sin temer sonar demasiado rara. Ella me escuchaba. Me hacía preguntas. Se reía bajito cuando le confiaba mis desvaríos sobre los enigmas del universo.

¿Quién iba a adivinar que ese día banal era el de su última danza? Y es lo que me pasma. También el hecho de que individuos que coquetean irresponsablemente con la muerte —como mi novio Fortunato y su socio Porfirio, jugando a la ruleta rusa la víspera del evento fatídico— resulten indemnes, mientras otras, prudentes como esa joven amable, la pierden en el límite del absurdo. Como si la suerte de justos y pecadores fuera decidida a ciegas, en una especie de lotería cósmica.

¿No fue mi actitud despejada y cínica lo que me hizo intuir la desgracia al verla pasar? Como si un negro presagio se hubiera posado graznando en mi pecho, y por un instante se materializaran en mí el peso, la temperatura, el temblor de lo inevitable. Un olor a flores ajadas de futuras aprensiones y penas. Así nacen, revela Novalis, los presentimientos. Mas enseguida el porvenir revolotea y se esfuma ante los ojos como el pasado.

¿Hubiera podido advertirla del peligro inminente sin ser tomada por loca? Marchaba ella sin percibir los aciagos indicios, los signos: la sequedad de la tierra, los arbustos cubiertos de polvo agitados por la brisa, el zumbido repentino de una mosca, las aves de rapiña sobrevolando el camino en círculos lentos… Avanzaba ignorando la gramática toda del escurridizo poema de la naturaleza: ese lenguaje cifrado donde cada ser y fenómeno es glifo, símbolo. De haber leído en el gran libro del mundo, ¿no habría sabido que la muerte de oscuras alas, ¡oh, ángel terso!, aguardaba por ella al doblar de la esquina?

Y, sin embargo, ¿cómo habría podido? Desideria carecía de la clarividencia de Mandelbrot. Estaba destinada, como todos, a errar por esta vida con una venda sobre los ojos, con paso seguro hacia el abismo. La danza de la existencia, como la de una bailarina de cuerda en su cajita de música, se me antoja una nota de vals, eternizada y estática; una coreografía cincelada a relieve sobre mármol. No una sucesión cronológica, sino una única imagen, donde todo está dicho, de una vez. Todo el camino, de principio a fin.

Solo algunos presenciaron el accidente: ella iba atravesando la calle, distraída, cuando La Cocaleca, aquel carrito de buen motor y guardafangos corroídos, la atropelló. Horacio volvía al pueblo con resaca, todavía atolondrado por los sucesos del Club Náutico de Ocamaniri. Qué ironía,

¿no? Venir a morir por cuenta de quienes jugaban a tentar a la parca, el día anterior, justamente quien no participó. Un timonazo, un mero cambio en la cadena de acontecimientos, y el desenlace habría sido distinto. Si ella no hubiera salido de casa. Si lo hubiera hecho antes, o después. Si yo la hubiese retenido unos segundos nomás. Si Horacio no hubiese nacido… Pero no. Ambos se dirigieron al punto de encuentro fatal de manera inexorable.

¿Fue el resultado de un azar arbitrario o de una calculada y consciente trama cósmica? Algunos murmuraban en el velorio que Dios es extremadamente cruel... Pues ¿qué será ahora de su hijita? Comprendo que la sensación de injusticia por la pérdida de una mozuela sea mayor que la experimentada por la muerte de alguien al final de su ciclo de vida, como la vieja Agripina. Pero me cuesta creer que un Dios maquiavélico, a imagen y semejanza del hombre, haya dictado su sino. Mi Dios sería el de Spinoza y los panteístas: una entidad imparcial, idéntica a la naturaleza, al universo. Artífice involuntario y ajeno de lo que es (o, para ser exacta, de cuanto acaece). Un Dios sin intención, sin juicio; sin piedad ni maldad. Solo leyes deterministas. El Dios que se manifiesta en la reglada armonía del mundo, en su geometría de causas y efectos, a menudo impredecible porque ignoramos las variables todas de su ecuación.

Al día siguiente de la tragedia, me sumé al cortejo. En pos de ella tendida en un ataúd blanco cubierto de rosas, recorrí la calle principal de Windtown. Y terminé en el cementerio. Su hermano Alirio, el modisto, citó a Lorca en la despedida de duelo: «Piedras juveniles roídas de ensueño caen sobre las aguas de mis pensamientos —declamó con voz trémula—. Cada piedra dice: "¡Dios está muy lejos!"». Guardé silencio; mas, en el fondo, no lo creía. «Dios no está lejos —agregué para mí—. Está en todas las cosas, querido. Y nosotros bailamos al compás de una tonada misteriosa, interpretada por ese músico invisible».

Desde entonces, en tardes como esta, vengo a plantarme sin falta al pie de su tumba. Contemplo la cruz herrumbrienta y sus mustias coronas de rosas. Cuanto más tiempo transcurre, más su recuerdo se magnifica en mi mente. ¿Por qué la pienso tanto? ¿Será que, de algún modo, una parte de mí ha muerto con Desideria? ¿O que, de cierta manera, una parte de ella pervive en mí? «Todo está bien, amiga», la imagino susurrarme con su voz queda. Acaso sea pura invención mía. Tal vez, como gruñe mi madre, «has leído y cavilado en exceso, Felicia». Pero es más fuerte que yo. Esta necesidad de encontrar un sentido; de hallarle una lógica al absurdo de la existencia. De trazar un mapa entre lo invisible y lo visible. Como Blake, me consuelo finalmente cogitando que bajo cada pena discurre una dicha con hilo de seda.

Salgo del camposanto al caer la noche. Miro al cielo ataviado de luto. Respiro. ¿Qué más puedo hacer? Solo cerrar los

ojos e intentar percibir el vals perfecto
del cosmos. Y proseguir mi camino
danzando.

EL ALZADO

A Toni Caraguala

Muy pronto, el mismo día, acaso habrá en estos predios tres muertos, y Estela Martiana será uno de ellos. Ha tenido antes sueños ilustrativos de sus estados de ánimo y miedos íntimos, que le «avisan» o «previenen» de lo que va a ocurrir, mas no como este: no hubo en él nada surrealista o simbólico, nada cifrado. Era un espejo de agua.

Hace meses, en cambio, soñó con una vaca que levitaba sobre el cementerio de Pueblo Bonito, amarrada con la testa para abajo y la cola apuntando al cielo. El pobre animal oscilaba cual un globo y mugía, desesperado, pues si se precipitaba, su propio cuerpo le aplastaría la cabeza. Así se ha sentido la joven desde que su amado Apolo se fue con los alzados. Él solía decir que sueños por el estilo son solo un reflejo de las emociones que nos embargan en la cotidianidad; o que las emociones fuertes pueden modificar la naturaleza de los sueños; y que al fin y al cabo estos nos ayudan a sobrellevar aquellas, como cuando perdemos a seres queridos y soñamos que están bien, o cuando anticipamos su deceso y nos vemos felizmente con ellos reunidos: una manera de digerir mejor la impotencia, la tristeza y la cólera ante la muerte acaecida o por venir. Al menos eso pensaba él, quien no creía en premoniciones e idolatraba a Freud: que el subconsciente recibe o capta «pistas» que escapan a nuestra conciencia, pues al final somos animales, y así se sobrevive en la sabana.

—A lo mejor lo que se filtra y vislumbramos en sueños son señales de alerta de esos instintos primarios —sostenía—: nada en biología tiene sentido, excepto a la luz de la evolución.

—Si eres de mentalidad científica —suponía Estela—, el método mata la fe.

—Sería hermoso que Dios exista —ripostaba Apolo—, pero no hay nada, y hay que enfrentarlo. El futuro no está predeterminado: es probabilístico.

—¡Ja! ¡Habrase visto semejante pobreza de espíritu!

Años antes, al menos, él se proclamaba agnóstico. Luego se graduó de ateo. «¿Qué sería para mí la prueba irrefutable de que existe un Dios?», se preguntó seriamente, y por mucho que le dio vueltas al asunto, nada lo convenció. Casi todo lograba explicarlo a través de la ciencia, o de la especulación racional, apelando a la lógica. Entonces consideró que la felicidad estaba en la racionalidad y el orden, y tal fue su vida hasta que se hartó. Estela también lo ha creído, pero, dijera lo que dijera Apolo, defiende a capa y espada que las premoniciones no están en conflicto con eso: «Las premoniciones, en efecto, como cualquier predicción o pronóstico, implicarían que lo que va a suceder no es producto del azar, sino de leyes deterministas muy precisas. Leyes invisibles que, por norma, a causa de la propia evolución, nuestros limitados sentidos no perciben cabalmente, lo cual hace que nuestra visión de la realidad (y del tiempo) siga siendo bastante nebulosa. Mas ¿qué pasaría si tuviéramos acceso, así fuera por un segundo, a todos los datos o incógnitas de la ecuación?». ¿Fue eso lo que experimentó ella anoche?

Poco antes de que el compadre Amaro muriera, Apolo le había hablado de él. Estaba con ella en la cocina mientras preparaba la cena. En algún momento comentó que era su hermano del alma, pues lo había salvado de niño en la sabana, a punto de ser mordido por una serpiente, y después le transmitió casi todo su saber. A Estela le dio un mal presentimiento, como si aquella vaca se te hubiera posado en el corazón. Apolo se dio la vuelta y salió al traspatio a dar de beber a las bestias. Un mes más tarde, el pobre indio fue asesinado por el ejército de Urizen el Joven, por haber socorrido a unos campesinos rebeldes. Y Apolo lo fue a vengar.

Esas cosas no sirven de mucho, o de nada, así, *a priori*, cavila ella, pero vistas en retrospectiva no dejan de ser asombrosas. «Porque si todo fuera incontestablemente aleatorio, si en verdad el futuro fuese un enjambre de probabilidades, nadie podría presentir que algo va a pasar, y que luego eso acontezca, ¿cierto?». No si todo es caos, o selección natural, o cuestión de estadísticas, como postulaba su esposo. Para ella, las premoniciones tienen lugar cuando se irrumpe, fugazmente, en una dimensión de omnisciencia, de iluminación absoluta o suprema, comparable al inconsciente colectivo de Jung. Es una experiencia tan vívida y desestabilizante como una sensación de *déjà-vu*, de paramnesia… Y en eso se basa lo que soñó anoche y aún visualiza, con un lujo de detalles abrumador…

Así fue (y será, está convencida). Los *jeeps* y camiones de la milicia bajan con destino a

Ciudad Bella por el camino del aserradero levantando una nube de polvo entre los naranjales. Estela está aquí mismo, cerca del callejón, en su casita de adobe con piso de tierra y techo de palma enclavada en las estribaciones de las montañas. Mientras borda en bastidor, escucha el tropelaje de la caravana. La movilización de guardias y el runrún en la zona la han tenido, desde temprano, fuera de quicio. A eso de las once, según los rumores, lo habrían tirado muerto a la orilla del río.

«¡Ya lo traen por ahí!», grita alguien por la vuelta del aserrío. «¡Ave María Purísima! ¡Qué blanco!». Se para en el portal y, en un instante que se eterniza, ve a un hombre atado a una cruz de madera y cómo los vehículos del convoy siguen de largo rumbo al cuartel de la urbe, donde una vez estuvo la iglesia de *miss* Evangeline Bright, envueltos en una tempestad de polvo y mariposas despedazadas.

A toda carrera, cierra la casa en redondo y atraviesa un sitio que no es la ciudad actual, ni tampoco Pueblo Bonito, sino el fantasma de Windtown: un caserío en ascuas arruinado por el comején, donde los techos de zinc crepitan bajo el sol ardiente, y la gente, callada y con la mirada hueca, la observa desde los portales. Llegando a la iglesia transformada en caserna, se tropieza con el mensajero que iba a su finca a anunciarle la mala nueva. El guardia le espeta que agile para el cementerio, porque ya lo van a enterrar. De modo que enseguida toma un atajo por la calle de la fábrica de hielo y sube luego la Colina de la Cruz, en cuya cuesta no juegan a descifrar el futuro Las Niñas Olas, sino que pace un lote de carneros en un campo de vicarias moradas.

Construido a mediados del siglo XIX, el cementerio del pueblo es blanco y sin orden, agobiado por el relente mortal de la tarde y un aurero inmóvil en el horizonte. Un laberinto roto. Abriéndose paso por entre un molote de curiosos, arriba insulta a la reja ferrumbrienta tomada por una espumarada de buganvilias en llamas. Entonces se topa con un oficial. «Los familiares, tienen un minuto», ladra sórdidamente. Ella avanza en silencio, y el uniformado, sin reparar en el verde esmeril de sus ojos, la deja pasar…

La caja está tirada en la tierra, al lado del hueco. Una caja vieja, sin cristal, que otros dos militares se aprestan a clausurar. ¿Es él? ¿O es ella misma? Le cuesta reconocerlo: parece un pliego de papel, tiene el pelo largo y muy negro, y le han tusado la barba de santo. Lo observa fascinada, imperturbable. Desde que su marido se alzara, constata, no lo había vuelto a ver; ha vivido en la soledad de cuatro paredes, gravitando entre la incertidumbre y los sobresaltos, cual aquella vaca flotante sobre las tumbas, hasta este fatídico día a la hora del neblinazo, cuando los sicarios del régimen, armados con fusiles y ametralladoras, peinaron unos potreros de ganado con enredaderas de campanillas, cerraron el cerco y abrieron fuego en ráfagas contra las calagualas de la sierra; y mientras el sordo tableteo asustaba las garzas del amanecer, un alarido de muerte se escurrió, como la irrefrenable arena del tiempo, por entre los escupitajos incandescentes de la metralla y el áspero olor de pólvora… «¡Ay, mi madre!», se quebranta Estela perdiendo los estribos, cual si al fin cayera de lo alto y la cabeza le estallara, como una chirimoya, sobre una lápida…

Al despertar, en la mañana, no atinó sino a acariciarse el vientre. Larga, quedamente. En paz. Su forma redonda augura, según las comadres, que dará a luz a una hembra. De ser así, la nombrará Amparo. Luego se levantó de la cama, como una sonámbula, y sin derramar una lágrima cortó varias flores y prendió algunas velas. Velará a su difunto por un mero retrato. Como de costumbre en los últimos meses, a la hora de la siesta, se dispone a proseguir el bordado de la canastilla. Hoy, sin embargo, la delicada muchacha incorpora un gesto inédito a su rutina: agarra el viejo fusil de caza de Apolo.

Dicen que el destino es la piedra que cada uno lleva liada a su cuello, aunque hay también quien afirma que el mismo se puede burlar siempre que osemos imaginarlo distinto: conociendo la cadena de eventos, sería posible alterarla. Por eso se ha sentado a la ventana con el arma sobre las piernas. De un tiempo acá, ha estado creando en los blancos pañales un jardín de extrañas rosas similar a ese que en el patio se incendia exhortándola a rebelarse. De vez en cuando, interrumpe la labor y echa un vistazo más allá del vergel, al camino de la rutilante urbe de Golden. «Sabe» que pronto vendrá el emisario de Urizen el Joven, cual heraldo de muerte, a comunicarle la novedad. Y ella lo estará esperando…

LO QUE EL VIENTO ME DEJÓ

Puede que la verdadera felicidad esté en la convicción de que se ha perdido irremediablemente la felicidad. Entonces empezamos a movernos por la vida sin esperanzas ni miedos, capaces de gozar por fin todos los pequeños goces, que son los más perdurables.
María Luisa Bombal

Una vez más, el mar arrasó con todo: las chalupas, el embarcadero, las redes y casuchas de los pescadores. Cual un Leviatán hambriento, Poseidón devoró en la noche nuestras pertenencias, y tras rumearlas, las regurgita ahora, desintegradas. Añicos y jirones de cotidianidad entre peces muertos, sargazos y espuma; flores de Jamaica y cocos abiertos como cráneos humanos. Oh, mar, si también pudieras devolverme a Caleb. Ya quisiera yo volver a sentarme a su lado para contemplar tus olas, sobre la piedra tibia del recodo aquel,

donde siglos atrás los aborígenes de Ocamaniri divisaron, como un oscuro presagio, las
velas del Gran Almirante.

Había oído su voz preclara por primera
vez, unos meses antes, en la antigua plaza
de armas. Lo busqué con la mirada, anhe-
lante, más allá del oasis del parque, hasta
localizarlo entre las ruinas del teatro to-
mado por la alamanda y el palacete de
estilo neoclásico con vitrales rotos sucios
de polvo. Estaba sentado al fondo de la
tabaquería, sumergido en una especie de
trance, con el rostro iluminado por un objeto plano que sostenía sobre sus palmas.
De este extraía, para deleite de los torcedo-
res, la historia del hombre que se extravió
en el ponto. Su voz juvenil, culta y pau-
sada, reverberaba en el ámbito de la plaza,
entre las columnas del casino semide-
rruido y las campanas herrumbrosas de la
iglesia parroquial, hasta alcanzar la lonja
del comercio, superponiéndose al prosaico
chirriar de las cigalas y a la sempiterna
melodía del océano.

Si bien mi padre, ese Cadmo desdentado y bello, era capaz de algo comparable al otear las aguas; y mi madre, las estrellas de la noche, yo nunca había visto, si exceptuaba los espejos, artefacto similar, al mismo tiempo aplanado y pleno. Ignoraba, asimismo, que alguien más fungiera de oráculo en el pueblo. «Es un libro —dijo mi progenitor—; y él, un lector de tabaquería, recién llegado de la urbe». Volví a casa hechizada por aquella voz vibrante que insuflaba vida a las peripecias del marino homérico, como lo había estado, desde niña, por el arrullo del mar, mi mar…

Tiempo después se presentó ante mí sin previo aviso, esbozando una sonrisa y con aquel libro en la mano como si fuera un relicario.

—Te lo regalo —dijo al ver que no me movía.

—No lo quiero, gracias —repliqué, fingiendo indiferencia, mientras intentaba poner orden en el puesto de venta.

Por un instante, Caleb guardó silencio, algo desconcertado.

—No tienes por qué avergonzarte, Libia. Tu padre me ha pedido que te enseñe a leer.

Y así fue. Ora bajo los caletones, ora sobre los acantilados heridos por el salitre, él me inició en los secretos de las letras, cual si invocara espíritus al juntar los signos. Gracias a su metódica perseverancia, aprendí yo, hija de pescadores y de esta isla enamorada del viento, el arbitrario maridaje entre las grafías y los significados. Leer era penetrar la materia y escuchar su armonía interna. Jamás faltó a una cita, como tampoco conservó para sí la paga, con la cual me compró más libros: bestiarios, crónicas de navegantes, fábulas isleñas. A menudo me hablaba de la historia de la ínsula, esa larga sucesión de yugos, rebeliones y naufragios que ahogaron el coraje de nuestro pueblo en los cenagales de la pobreza y la apatía.

Luego de las lecciones, mis padres lo invitaban a cenar junto al fogón de leña, escuchando los más descabellados relatos: mujeres con cola de manatí, sábalos con diamantes en el estómago, ballenas que se tragaban barcos… «Una vez, un pescador fue arponeado por error y caminó por medio pueblo con el arpón clavado en el corazón». Caleb, con cara de niño, no salía de un asombro para entrar en otro. «En otra ocasión, una enorme serpiente marina encalló en la playa, y la gente la destrozó a machetazos para saciar el hambre». Yo, en tanto, a medida que aprendía nuevas palabras, le describía con precisión creciente el arrecife y sus corales ígneos, sus anémonas y peces. Le contaba de cavernas submarinas; del galeón cargado de oro donde habitan seres luminiscentes y translúcidos, como ángeles acuáticos; y de la ciudad espectral, allá lejos, bajo un frondoso bosque de algas. Él solo cerraba los ojos y se dejaba arrastrar por mí torrente verbal, con una ternura que nunca le vi dirigida a nadie más.

—Mañana no vendré, Libia —dijo él un día, mirando el mar con una inquietud que no supe interpretar—. Se avecina un gigante desde el sur. Debes refugiarte con los tuyos.

—El mar siempre ruge, Caleb —respondí yo, pecando de hybris, de soberbia frente a la naturaleza—. No le tengo miedo a lo que conozco. Quédate hoy, cuéntame otra historia.

—No puedo. Mi lugar está en el pueblo, asegurando lo que queda. Cuídate, Libia. Prométeme que no desafiarás al viento.

Me dio un beso en la mejilla, un roce leve como el ala de una gaviota. Yo quise sujetar su mano, gritarle que el libro que más me importaba era el que escribían sus ojos, decirle que lo amaba más que a la propia tierra. Pero la lengua se me hizo de piedra.

—Vuelve pronto —atiné a decir—. La próxima vez... la próxima vez te diré algo importante.

—La próxima vez, Libia —sonrió él con una tristeza premonitoria.

Y se alejó. Como aquel pescador flechado cuya vida pendía de un hilo, caminé por la playa desierta sin volverme. Ascendí el promontorio de dientes de perro y marilopes silvestres hasta las ruinas de la fortaleza que antaño protegiera el puerto del asedio de piratas y corsarios. Desde allí lo vi regresar al pueblo, cabizbajo, su silueta disolviéndose entre la bruma, cual si se internara en el reino de los muertos, como si franqueara el umbral entre la memoria y el olvido. A esa hora, cuando los faroles de los botes y chalanas se iban encendiendo como luciérnagas temblorosas sobre las aguas, ignoraba que no lo vería más. Me había enseñado, a la luz de los crepúsculos y el arrullo de gaviotas y alcatraces, las palabras para describir el mundo, el mar... pero nunca las usó para revelarme lo que sentía. ¿Me amaba como yo lo amaba a él?

Al llegar a casa hallé a mis padres callados: ella descamando un pargo, él zurciendo una red. Según el viejo radio de pilas, una tormenta ciclónica, nacida del hervor oceánico, esa gran fábrica de nubes, avanzaba hacia la isla. Otra vez, Neptuno se aprestaba a mostrarnos su poder. Ante el macabro pronóstico, en apenas unas horas, el pueblo se transformó en aldea fantasma. Ni un alma en su parque, nadie en el diminuto malecón, ni siquiera un borracho en el bar. Solo cangrejos colorados cruzando las calles como un río de sangre.

El huracán arribó a las costas en la madrugada. Encabritado, el mar penetró más de medio kilómetro tierra adentro, derribando casas, platanales, ceibas centenarias. Pensé que el viento me arrancaría a mis padres de los brazos, o que me llevaría a mí. Protegidos bajo una mesa, vimos volar el techo de zinc, los muebles, vasijas y utensilios, y otros precarios pero preciados bienes. La muerte tenía voz: un alarido constante, el quebrado de lo que parte, el gemido de lo que resiste... y luego, nada. Muchos lo perdimos todo, mas al menos sobrevivimos. Hubo quien no.

De cuanto el mar me arrebató ese día, lo que más me ha dolido, lo único irreemplazable, es Caleb: aquel Hermes isleño, mensajero del más allá a través de los libros; joven hermoso y hermético como una almeja; etéreo lirio de playa. Dicen que salió a buscar a un perro extraviado cuando el ciclón ya tocaba tierra. Fue visto por última vez en los muelles, inmóvil frente al mar rabioso. Algunos juran que se marchó andando sobre las aguas, como un elegido; otros, que se hundió sin gloria en ellas, cual tributo al dios abisal.

A veces siento que, como me dijo al despedirse, una parte de él no me abandonó. Me sucede mientras leo sus libros sobre los acantilados, o cuando deambulo por el litoral nocturno y creo que el arrecife me observa. Cada año, tras la tormenta, lo evoco y lloro. ¿Quién no? Mas de inmediato me levanto y vengo a recorrer el pueblo… o lo que resta de él. Cruzo la mirada con los sobrevivientes, y juntos echamos manos a la obra. Enterramos a los muertos que aparezcan y velamos, en su ausencia, a los desaparecidos. Quitamos la basura de las calles; recuperamos cuanto no esté tan dañado. Reconstruimos nuestras casas, con sus hamacas, sus cordeles de ropa y sus cercas de cañabrava. Replantamos. Unidos, seguimos adelante, empujándonos unos a otros hacia la resurrección.

Sí, es cierto que al principio el pueblo parece un cadáver: gris, callado, húmedo. Como nosotros mismos. Con el pecho desolado y compungido por las pérdidas y la incertidumbre del mañana. Pero muy pronto, como la tierra arrasada por el fuego, reverdecemos. Entre los escombros, invulnerables al cataclismo, prosperan las buganvilias. El hedor a muerte es sepultado por la fragancia del mango y la guayaba, y las chicharras ponen fin al sordo mutismo. Nos asombra descubrir entonces que el mar y el viento nos han quitado mucho, casi todo… salvo las ganas. El instinto. La sed de vivir. El hambre de cantar. Y un impulso extraño, irresistible, de regalarle flores al mundo.

UN ALJIBE

La noche, según Virgilio, es un mango, una piña, un jazmín; y cuando sus olores nos invaden, todos queremos copular… En eso pensabas a poco de mudarte a esta villa, clausurada desde hace años en la antigua zona residencial de la urbe. Dos pisos, varias piezas, paredes de roca caliza y tejados de color coral. No exageró el agente de inmuebles al afirmar que, pese a su flagrante estado de deterioro, en su ámbito te sentirías «tranquilo e inspirado». Aguardaban por ti, en efecto, no pocas agradables sorpresas: fotos, libros, muebles, incluso adornos de insospechado valor. A Dios gracias, aquí estás hoy, disfrutando de lo que sigue en pie. Y de su resonancia, de lo que eso evoca en ti: la nostalgia, la reverberación del pasado. Habría mucho que decir de esta casona umbría, de sus múltiples habitaciones, de cada objeto; del patio interior y el gran terreno circundante devorado por la vegetación, donde antaño señoreaban regios pavos de un verdeazul iridiscente. Pero, sin dudas, hay más de lo que no se ve y sin embargo está, de la impalpable presencia de lo ausente, ese caudal de historias y fantasmas que se esconden bajo la cáscara de lo material. El ánima de lo inanimado. Sobre todo, en un rincón donde tu mente puede, día y noche, volar a sus anchas: el aljibe. Sus aguas oscuras como un pulido cristal de obsidiana ejercen sobre ti una atracción mesmérica; al contemplarlas te sientes, en verdad, «tranquilo e inspirado»... Asomado a él, has imaginado cosas que luego dan la impresión de haber sido vistas en realidad, y te preguntas si desde que te recluiste en esta mágica desolación, en esta soledad apabullante, no eres víctima de un extraño sortilegio; si tu cerebro no ha estado fabricando recuerdos falsos para hacerte perder el juicio. ¿O será que has logrado una sintonía o comunión con lo sublime y trascendente; ese océano de éter, no obstante, refractario a tus tentativas de posesión? Desde hace un tiempo, atisbas allí, entre el loto y la flor de agua, a una muchacha. ¿Qué hace? Se solaza, como tú, en la mansedumbre de las horas. Vive como al margen del tiempo. Es una imagen gastada, copia de un ideal o realización de un arquetipo, que viene a la cisterna, tarareando una cancioncilla inaudible, con un cántaro o garrafa de barro. Ataviada de blanco, con un ligero vestido de hilo, vaporoso, que evidencia su desnudez de ninfa: el cuerpo esbelto y bien proporcionado, casi evanescente; sus tiernos senos con pezones rosa; el pubis oscuro como un bosque mítico… Se acerca por un instante al borde del reservorio, llena la vasija y parte. A veces, no obstante, se detiene un poco para mirarse sin verte, para contemplarse sin vanidad. Y tú la observas, quedo, invisible, si bien pareciera a ratos que también ella te ve, y entonces sus miradas se cruzan… ¿Dónde estarán, te preguntas, esos ojos turbios que te escudriñan desde el otro lado de la superficie? ¿Están aquí, ahora, como los tuyos? ¿No son sino tus propios ojos escrutándose a sí mismos, abismados ante el pozo ciego de tu alma? O, siendo intangibles y definitivamente ajenos, ¿están del otro lado de este espejo líquido, cristal de agua inexorable, aprisionados en las coordenadas de otro tiempo y lugar? Dime, ¿te sitúas en el pasado de los días o en las jornadas de remota futuridad? ¿En el amanecer o el ocaso del mundo? Los días postreros se confunden con los de génesis, no despiertan esperanzas ni pesadumbres, solo paz. Emociones leves, pasajeras como nubes. Quizás tales especulaciones no sean superfluas, y te ubiques del otro lado de todas las catástrofes, las caídas y derrumbes, los hundimientos... Así lo atestigua aquel pedazo de fachada de piedra carcomida, tomada por las wisterias. Deambulas por entre las ruinas de una mansión abandonada de la que nomás queda el piso de baldosas andaluzas, por entre cuyos resquicios crece la hierba; un palacio invadido por la maleza y las enredaderas acezantes y floridas. ¿Quién sabe? Acaso te encuentras por completo al exterior del calabozo de la existencia, flotando en un limbo acuático sin dimensiones físicas. Una dimensión pluvial. Y ante la ventana intemporal de este depósito de lluvia, miras al vacío, como si te asaltaran mil interrogantes. Han pasado años desde que aquí te arrimas, sin que siquiera te percates. Ya no tienes tez de lirio ni cabellera de limo negro, pero en tus pupilas arden todavía unas brasas de ilusión. Cual si los rigores de la vida no hubieran sofocado la llama de tus sueños. Y ¿con qué sueña alguien como tú...? Una vez más, terminas por llenar el cántaro y te alejas pensando en él, ese pobre hombre sin historia, esa imagen indeleble impresa en el espejo de tu mente. Una hermosa estatua de edad borrosa, ambigua, al mismo tiempo Antínoo y Adriano emperador. Narciso envejecido y a la vez joven, inclinándose, semidesnudo, sobre el agua, a quien no podrás acariciar el rostro impávido, ni el pecho huérfano; ni su reposada, pero tentadora, virilidad... sin desintegrarlo, como hace Cronos con cuanto existe. Ah, el ansia de ceñir y besar el éter. Tu fiel amigo del estanque, émulo de Argos, tan real como inalcanzable, evoca exactamente eso. Ojalá pudiera estar de este lado, caminar contigo por la playa desierta, hacer el amor sobre la arena o en la foresta, sobre la hierba húmeda… Paciencia; ya advendrá si sobrevive lo suficiente en esa jungla urbana para ver el final de su aislamiento, hace mucho pronosticado por las Moiras… Te gustaría confiárselo al oído helado, en un susurro de viento. Por eso, desde que lo percibiste en el aljibe, reflejado, has vuelto a por agua tan a menudo, ¿no? Para contemplarlo, adivinar sus inquietudes y preguntas, hablarle con el pensamiento. Él ignora aún que un día, cuando llegue el invierno y las rosas no quieran florecer ya al noreste del pueblo, el mar abrirá los brazos, como los pavorreales sus alas, y reclamará para sí este trémulo escupitajo de tierra. Qué importa. «Mientras tanto —lo consuelas en silencio—, siempre que te asomes a este abismo acuoso habrás de hallar, en los ojos que te miran desde la otra orilla del desastre, un rosal donde contemplar tu belleza de escultura helénica…». Y luego, al fin, uno. Uno y todo seremos en la noche sin contornos de la alberca.

DÍAS DE PAULA

La Mami Paula tenía la virtud de aparecer como por arte de magia en los momentos cruciales, entiéndase cuando más nos hacía falta, y luego, resuelto el problema, no tardaba en desaparecer. Las abuelas son así, como las brujas o las superheroínas de los *comics*: saben y hacen cosas que no están al alcance de las personas normales. Casi siempre son viejas, pero se nos antojan inmortales allá por los años en que las conocemos.

La Mami está impregnada en quien soy: se prolonga en mis acciones y hasta habla por mi boca sin que me dé cuenta. Peleábamos tanto a veces que pensaba que nos prenderían y que, en la celda, continuaríamos discutiendo hasta que nos pusiéramos de buenas y nos dejaran salir a tomar helados a fin de mes, que era cuando ella recibía el dinero de su pensión y me llevaba a mí, todos los meses, el mismo día. Saboreábamos entonces un helado gargantuesco, cada uno, de a cuarenta centavos, yo de vainilla y ella de fresa. Después comprábamos provisiones para su aromática despensa y, mientras ella las acomodaba, yo me robaba las aceitunas y me las comía detrás de un barril como el de *El Chavo del Ocho*.

Una vez, la Mami se perdió del mapa por mucho tiempo. Nadie supo adónde fue... Puesto que le gustaba el puterío y pintarse como puerta hasta para asomarse a la calle, a ninguno le extrañaba que, a pesar de que acumulaba ya varias décadas y había vivido incontables terremotos sentimentales, tuviese algún enamorado. Estábamos en lo cierto, mi putinga abuela andaba pasándola de lo lindo con un cojo que era músico. Un día, a mis siete u ocho años, irrumpió ella en casa toda feliz, cuando solo estábamos mi perro y yo. Me invitó a visitar su guarida de amor senil... y me hizo prometer que no le soplaría nada a nadie, a mí, que ni siquiera sabía cómo había llegado allí, así que ni aunque hubiera querido revelarlo hubiese podido. Cuando regresé, me sentaron a interrogarme, pero no me sacaron ni media palabra. Los secretos y promesas entre las abuelas y sus nietos, como todo lo relativo a ese peculiar binomio, son sagrados... Aunque debo confesar que, más que discreto y fiel, era despistado.

Una noche, al cabo de una buena racha sin saber de mi flechada (o chiflada) abuela, oímos camiones y otros vehículos parando enfrente de la casa. Mi autoexiliada abuela dinamita volvía, mas no solo con sus pertenencias, también con las del acordeonista difunto. Yo, mientras bajaban y bajaban cajas de los camiones, nunca la vi afligida. Tuve juguetes para los próximos cuarenta y cinco años. Libros y revistas que leía o recortaba y rearmaba para construir mis propios relatos; máquinas intergalácticas que si las viera hoy probablemente no eran más que utensilios comunes y silvestres.

Su clóset, lo más preciado de todo. Era mágico. Todos queríamos saber qué mierda había dentro. Cuando Mami Paula se quedaba dormida, le sacaba la llave y abría aquel armario mítico temblando de miedo de que despertase y me convirtiera en sapo, ella de un grito o el clóset mismo por medio de algún encantamiento. Había cofres llenos de joyas, cosas que brillaban, y hasta una lupa para que lo chico se viera más chico, o más grande, según del lado que se ponía el ojo. Una vez la llevé al jardín y juro por mí mismo que vi una hormiga con corona y cara de «fíjate, Alirio, no le digas a nadie, pero sí, es verdad». Y guardé el secreto, esta vez a su majestad la hormiga. Me metía al escaparate cada vez que podía, aunque había tantas cosas que apenas si cabía en él; fantaseaba con acceder a otra dimensión, a la mismísima tierra de Narnia, y de hecho así era. A lo lejos, más allá de las prendas de percal, nipe y holancina, distinguía incluso a una niña, a un ángel, a una princesa coronada de escilas tendida en una pradera.

En las tardes, luego del colegio, veía a mi abuela ocupar el único tesoro de ese tiempo que hasta hoy yo guardo: la maquinita de coser Singer. Se sentaba a ella a costurear, a veces al término de las teleseries, a veces durante. Fue así como, entre un melodrama y otro (la empleada que, al final, era hija del señor rico; la que quedaba ciega y perdía el hijo... pero lo encontraba más tarde; malditas lisiadas, empujones escaleras abajo; y tanta otra penuria mexicana y venezolana juntas), observando a mi Mami, aprendí a coser. A nadie le gustaba mi nueva habilidad... hasta bien entrados los años, viviendo ya en Pueblo Bonito, cuando se percataron de lo útil que yo era no solo para cambiar cierres, acortar faldas y achicar pantalones, sino también para crear trajes de ensueño. Escuchábamos tango...

tardes enteras entre «milonga, tango y música para recordar», como decía la locutora. Si el tango me mueve aún algunas fibras, se lo debo a aquellas tardes de hacer mis tareas mirando a mi abuela coser.

Por las noches, en tanto, la Mami no hallaba nada mejor que contarme historias de horror; de cómo, por ejemplo, había vívido con los más diversos espíritus... hasta que desenterraron del *living* de la casa el chancho causante de las protestas del más allá. Era fanática de las viejas películas de vampiros: *Nosferatu*, el *Drácula* de Béla Lugosi... Yo me cubría entero, como tapada limeña, y las veía con un solo ojo, mientras ella se transformaba casi en uno de esos seres de ultratumba. Fui creciendo, pero nos seguíamos queriendo y peleando siempre. De su labia se me calaron bajo la piel frases que siempre repito, sus modismos y la manera chistosa de responder estupideces. Nunca le voy a perdonar que matara a mi pato Saturno. Era el único pato que me había durado, el que las hacía de perro: les ladraba a los paseantes y no dejaba a ningún extraño entrar en casa. Uno lo llamaba por su nombre, y él venía así, moviendo su colita. Hasta que un domingo se convirtió en cazuela. A la Mami no le agradaban los animales, pero los trataba como gente; les hablaba y ellos le respondían... Creo que ella no hacía diferencia entre los seres vivos; yo aprendí a hacer lo mismo y nunca he conocido a un animal que no me haya contestado.

A veces mi abuela era bien severa y me ponía de penitencia, mas prefiero recordarla por lo bueno que me dio, y porque sé que me amaba sin límites y tenía su manera de educarme. Volaron los años y se enfermó de muchas cosas; primero de unas, luego de otras... Se comía las frutas dibujadas en el mantel de la mesa; confundía a mi mamá con un caballo; subía y bajaba a cualquiera que estuviera de turno a garabato limpio (de ella también aprendí los mejores insultos); a las tres de mañana le daba por armar su maleta y querer irse, pues argüía que aquella no era su casa. Mi mamá estaba agotada; se turnaba con mi tía y conmigo para cuidarla. Cuando iba a su cuarto, me sentaba en la cama a parlotear con ella, y ahí me confesaba sus secretos y cómo nadie la alimentaba, pero la verdad era que se le olvidaba que ya había comido. Después sufrió mucho tiempo en un decrépito hospital psiquiátrico. Siempre que mi madre, mi hermana y yo íbamos a visitarla los fines de semana había que prepararse mentalmente para lidiar con lo que fuese, desde señoras que se creían mariposas hasta gente que se había disfrazado de enfermera para matar a otros pacientes… Mi Mami Paula, a quien amábamos, quien había hecho de todo para que no nos faltara nada, estaba allí, deprimida y dopada, pero consciente... esperando por nosotros a la hora del almuerzo. Su demencia era grave, pero se ponía feliz al vernos y apurada tomaba sus cositas para irnos al patio del manicomio. Pasábamos horas juntos escuchando sus delirios. Lo difícil era despedirnos, a esa hora en que las calles son más aciagas que nunca y la gente desaparece cuando el sol brilla más fuerte. Dejarla en aquel hospital, decirle adiós y marcharnos nos rompía el alma los domingos.

Y un día murió. Todos estaban allí, menos yo. Andaba lejos, de viaje por el interior. Me apuré en volver, pero llegué tarde. Murió en un suspiro. Mi familia estaba congelada, así que con la misma prosa y lengua larga que mi abuela me legó, fui a reclamar para que me entregaran su cuerpo de inmediato, ya que era fin de semana y de lo contrario habría que esperar al lunes. Al final, lo conseguí para el día siguiente, temprano. Ese tipo de dolor no me provoca llanto; me duele dentro y me hace actuar en virtud del sentido común mientras los demás se desmoronan y lamentan. También eso lo aprendí de ella. En la noche fui a la funeraria, elegí un ataúd hermoso, uno que a la Mami le hubiera gustado... y al amanecer entré a la morgue. (Nunca había estado en una). Y puesto que a ella le encantaba pintarse como puerta y emperifollarse cual si fuera la Mamá Grande, la maquillé y la puse bien bonita antes de acomodarla en su cama final. Lucía bella... siempre lo fue.

Yo mismo la coloqué en la tierra, en el viejo cementerio de la urbe. Mientras lo hacía, no estaba triste. Sentía que en mi corazón germinaban sus semillas, que el jardín plantado en él por ella reverdecía y hasta le brotaban rosas. Desde entonces, o quizá antes, la llevo presente en mi pecho; está en la mayor parte de lo que hago, en mi carácter y en algunos de mis talentos. No pude haber tenido una mejor ni más diversificada abuela: de moza, borracha y parrandera; con minifaldas, escotes y labios carmín... y que de anciana le pedía permiso a mi perro antes de cambiar el canal de la tele, para no ser irrespetuosa con el animal.

SOFÍA Y LOS ÁNGELES

A Emma S.,
ángel en el triste suelo

Entre los enanos que a Sofía le quedaron por matar, todavía recuerda el deseo infantil de disfrazarse de ángel. Con batilongo y alas de plumas enormes y blancas… Jamás sucedió. En ciertas representaciones navideñas fue pastora y aun Virgen, pero nunca ángel.

Todo era, en efecto, un poco surrealista, o tal vez real maravilloso, por aquella época lejana en que vio a un ángel calzado con zapatos colegiales. Tal vez fuera patético más que otra cosa, pero cierto, pues le ocurrió a una prima suya, vestida toda de ángel azul, con alas de plumas azules, en la cima del altar, cual si realmente estuviera allí puesta por el mismísimo Dios, con unos zapatos colegiales negros, atados con cordones y maltratados por los pasos. Inspiraban tanta lástima que desde abajo Sofía prefería mirar hacia el traje rutilante y las alas azules de plumas ligeras, en lugar de hacerlo para aquellos zapatos prosaicos gastados por el uso, que ofendían la angélica visión. Con su trajecito de pastora, un pañuelo de la abuela cubriéndole el cabello y una saya quién sabe de qué vieja gaveta sacada, se moría de envidia y le cuestionaba a Dios si ella no tenía madera de ángel para merecer un disfraz con alas y todo lo demás.

Todavía cuando se remonta a los inicios religiosos de la infancia, Sofía identifica como la primera oración aprendida de memoria una a su ángel de la guarda. Nunca se propuso aprenderla, llegó como si el ser celestial se la hubiera soplado al oído, y hasta ella se sorprendió declamando mentalmente: «Ángel del Señor, que sois mi custodio…». Desde entonces permaneció sin una sola coma de más o de menos en su cabeza, y aparecía casi todas las noches entre el cansancio del día y las imágenes que empezaban a poblar sus sueños.

Una madrugada de aquellas, Sofía soñó que junto al *frigidaire*, donde estaba el sillón rojo que luego tomó derroteros ignotos, un portentoso arcángel, todo luminoso y con vestimenta y alas rosadas, la convidaba a arrodillarse a su lado. Allí estuvieron los dos, en íntima complicidad, llenos de una paz desconocida. Sofía se sintió su igual, un auténtico ángel, tanto en el sueño como al despertar, con un convencimiento tal que puso a su madre la precisa de buscarle un par de alas. ¡Quería unas alas, ahora mismo, a como diera lugar! Y lo mejor que pudo improvisarle su progenitora fueron unas alas de cartón, recortadas de una vieja caja de *cake* y pegadas con engrudo casero, que debían ajustarse a las axilas con unas tiras de tela de color amarillo azufre… Las únicas que pudo encontrar. Aunque no tenían plumas y a todas luces había algo estrambótico en aquellas alas de color vago y olor a torta, a Sofía el invento le vino bien, e hizo oídos sordos a todo aquel que se atrevió a reírse de sus alas mientras las mantuvo el día entero atadas a la espalda. Y si bien su madre le ingenió también alas de alambre forrado con papel de China, y concibió otros artificios incautos que parecían hacerla feliz, Sofía siguió pidiendo en secreto al Señor un vestido o túnico y unas alas auténticas casi hasta el suelo. Todavía no se había percatado de que Dios siempre escucha, pero que algunas veces su respuesta es «NO», porque tiene sus razones. Tal vez las que le reservaba a ella cuando le negó el disfraz de ángel fue evitarle un mal momento. A la larga, cuando la niñez se le escabullera, Sofía comprendería que si alguna vez hubiera sido un ángel, así fuera de mentiritas, la emoción no la habría dejado disfrutar de aquello, y Dios acaso quiso ahorrarle ese desorden.

Los ángeles, sin embargo, la rondaron siempre. Como aquel otro, vestido de purísimo raso blanco, encarnado en una adolescente rubia, hija del Dr. Aldereguía, el médico, que recogía al pie del altar las flores que los fieles tributaban a la Virgen María en un mayo lejano. Su cercanía le cortó la respiración, y Sofía esperó a que también le diera el beso que repartía a quienes depositaban sus flores. Mas volvió a sentir otra frustración angélica cuando fue rotundamente ignorada, y el beso solo cayó sobre la mejilla de su hermanito. Se quedó allí parada, en espera del suyo, que no llegó de aquel ángel, para quien pasó más que inadvertida, invisible.

Las estatuas de ángeles de los cementerios la embelesaron desde el primer momento en que entró a uno. Era un día luctuoso, y ellos, sumidos en su silencio pétreo, la ayudarían a sobrellevar el duelo. Había ángeles para escoger, y hasta albergó la descabellada fantasía de robarse alguno para trasladarlo a casa y alojarlo en el jardín, entre las matas de croto, cerca del jazmín del cabo. Para cometer la imaginaria tropelía contaría con la ayuda de su hijita, más interesada entonces en tirar azúcar, agua y pedazos de pan viejo por el balcón a quienes esperaban abajo el autobús, que en robarse un ángel de mármol que no podría lanzar desde lo alto, pero Sofía estaba segura de que aun así la apoyaría en su cruzada.

Años después, al cabo de una visita primigenia harto planificada, los ángeles del remoto cementerio de Ciudad Bella la dejaron fascinada. Los tuvo a sus pies desde el techo del edificio administrativo de la necrópolis, adonde subió por una tambaleante escalera de madera para alcanzar un panorama más completo del primer patio. Y en el mausoleo de la familia Marsillán, vio el ángel más extravagante que hubiera imaginado. Era una especie de impostura indefinida, carente de espíritu angélico; bello, sin dudas, pero curiosamente sensual, casi erótico, y Sofía pensó que si le quitaban las alas y le ponían una boquilla con un cigarrillo en la mano, se parecería más a la Gilda de Rita Hayworth que a un ángel. La idea la perturbó un poco, en verdad, y en su mente pidió perdón a todos los ángeles por semejante comparación, y ella misma perdonó al escultor que, por muy famoso que fuera, había mancillado de tal suerte la candidez de los ángeles de los cementerios.

En el curso de su existencia, poco a poco, Sofía ha ido coleccionando figuras de ángeles, de cualquier tipo, mientras no le evoquen a Satanás. El primero fue un ángel posmoderno, con alas de alambre, una lira entre los brazos y sin facciones en el rostro. Es su preferido. El último, uno pequeño, encerrado en una urna de cristal, con alas y aureola rojas, que se enciende y cambia de color si le mueven un botón que tiene en la base, ofreciendo en un espectáculo angélicamente *kitsch*. Con el tiempo y la vejez, Sofía ha sido capaz de romper ciertos estereotipos y ver a los ángeles, conversar con ellos, ponerse en sintonía. Algunos son invisibles a los demás, suele decir a sus nietos, no porque los vea con los ojos del corazón, como más o menos escribió Saint-Exupéry en su vapuleado *Principito*, sino porque los deja acceder a su aura espiritual, y con eso es suficiente…

Según un bolerón picuísimo que hiciera famoso Gina León, allá por los años sesenta del siglo XX, «los ángeles también a veces lloran». La tristeza es parte de la vida, como hay ángeles malos. Mas la angustia de Sofía será pasajera, porque le falta la picuencia necesaria para ser eterna. El control de las emociones que genera la longevidad (¿cruz o privilegio?) se aprende con el tiempo y cierto estoicismo, y si a nuestro lado tenemos familiares o amigos que nos evitan afrontarla solos, como lo hizo ella con sus mayores, todo puede ser más llevadero, todo se asume con serenidad. ¡Cuántos ángeles terrenales, humildes, hay entre nosotros sin que nos demos cuenta, pues aún esperamos que vengan otros, refulgentes, vestidos de túnica y con unas alas inmensas!

Sofía y los ángeles… Qué larga historia a la que faltan detalles, inconclusa y esperanzadoramente real, en que no quedará enano por matar cuando al final del túnel luminoso que conduce a Golgonooza, con alas de todas las plumas del universo, su ángel le tienda la mano y le diga solo: «Bienvenida».

CANCIÓN DE CUNA
PARA MARÍA DEL CARMEN

*Te acostaré en la tierra soleada con una
dulcedumbre de madre para el hijo dormido,
y la tierra ha de hacerse suavidades de cuna
al recibir tu cuerpo de niño dolorido.
Luego iré espolvoreando tierra y polvo de rosas...*
Gabriela Mistral

El viento y la luz del día se cuelan por entre las cortinas, y la niña de lirio y cabellera de lluvia despierta. La habitación, que antes perteneciera a su abuela, es evanescente y modesta, con paredes de tablas blanqueadas con cal y dos ventanas azules a doble batiente. En ella se respira calidez, intimidad, el hogareño encanto de los años.

María del Carmen se escurre de la cama de hierro forjado con sigilo. Tras acuclillarse unos segundos sobre el tiborcito de peltre blanco, abandona el aposento a la carrera, los pies descalzos, la melena revuelta, cobriza y fragante como el aguacero. Sobre el piso de baldosas criollas de la sala se erige un juego de muebles de caoba y pajilla barnizados, dispuestos en torno a una mesita robusta, tallada y pulida. La Virgen y todos los santos la otean con indulgencia pía cuando, semejante a una exhalación, la infanta atraviesa la penumbra, perfumada por ese discreto olor a madera preciosa y flores marchitas en las jardineras de los retratos de los muertos. A su paso por el comedor, la cristalería de Bohemia y la porcelana de China vibran imperceptiblemente en la vitrina, lo mismo que la vajilla y los cubiertos en la alacena. Su estela de viento acaricia los cortinajes de cotín adamasquinado y mece el borde del mantel tejido a crochet que cubre la mesa. Felicia, la madre, la acoge con los brazos abiertos en la cocina.

La casa es antigua, en forma de letra T cobijada por tejados a dos aguas, rodeada de árboles altos mecidos por la brisa y arrullados por el canto de los pájaros. En el jardín de enfrente prosperan variedades de rosas de distinguidos nombres y encumbrado abolengo, como augusta victoria, bella inglesa, príncipe negro y reina de España, en armonía con el candor plebeyo de las hortensias, los agapantos, las luisas y las ofelias. Cada dos de noviembre, Felicia confecciona religiosamente allí una pucha destinada a sus Fieles Difuntos, cuyos restos reposan en un párvulo y remoto cementerio. Desde el pensil, más allá de las matas de mango y del framboyán que en verano se cubre de flores color punzó-naranjado remedando una gran cúpula áurea, se divisa el portón de entrada a la finca en medio de un seto viviente. La muralla de atejes, guásimas y almácigos colinda con un callejón polvoriento en donde se arremolinan nubes de mariposas sobre los esporádicos cagajones de caballo. Del otro lado de la vereda se extiende el pastizal sin límites. En el patio de atrás de la vivienda, amén del excusado, la casita de desahogo con barbacoa y el rancho de vara en tierra, Fortunato construyó los corrales, los polleros y los establos. A la izquierda de estos, junto a la cerca de alambre de púas que delimita las plantaciones de café, naranja y guayaba, envejece un bienvestido con una cruz de tusas para conjurar el mal, cuyas ramas se arquean en febrero cargadas de flores y mierda de gallina. Luego vienen las tierras de cultivo y los montes y palmares a perder de vista.

De todas las maravillas de la vasta y fecunda propiedad, la que más impresiona y cautiva a María del Carmen es el engendro mecánico que instalara su padre encima del pozo, visible desde la ventana de la cocina: un molino de viento. Cada mañana, mientras saborea un tazón de café con leche junto a Felicia, su mirada se eleva a lo largo de la torre constituida de parantes, riendas y travesaños, hasta alcanzar la portentosa rueda de aspas plateadas con su diminuto motor y una cola trunca en la que puede apreciarse el vocablo *Surgente*. María del Carmen no sabe leer aún, pero su imaginación desbordante le permite a menudo volar despierta. Desde arriba, la hacienda y el mundo se le antojan musicalmente reglados, cual la sinfonía de la lluvia o la alquimia del petricor.

Fortunato y Felicia son dichosos de habitar en una parcela de tierra bendecida por el cuerno de la abundancia. Él se levanta dos horas antes que ella, con los primeros gallos, a ordeñar las vacas en el establo. Es un gigante de ojos claros y manos ásperas y hábiles, aptas lo mismo para tender una caricia a su mujer que para maniobrar con destreza el machete, la guataca o el arado. A veces, cuando conduce las reses hasta las dehesas, incluso un hombre así de rudo queda subyugado ante el prodigio de la creación. Poco a poco, al despuntar el alba, los palmares se perfilan a través de la neblina que difumina el horizonte, al tiempo que sobre el verde oscuro de la manigua bañada de rocío estalla el blanco de los aguinaldos. Felicia, en tanto, abre los ojos cada día a esa hora precisa en que la luz empieza a ahuyentar las sombras. En breve, se percibe en la cocina el aroma del café colado y la leche hervida, y se la verá trajinar como un reguilete por toda la casa, barrer los patios, lavar en la batea, leer la *Oración de san Luis Beltrán* a algún animal engurruñado, o alimentar a su cohorte de gallinas, guineos y guanajos. Siempre tararea por lo bajo porque está de buen humor, y los momentos predilectos de su jornada son cuando prepara las comidas y luego pone la mesa, la cual atavía infaltablemente para la ocasión con un mantel de lino blanco. Mientras, la niña mariposea ora en el jardín, ora en los aposentos, con su inmaculada batica de estamina y el abanico de sándalo.

Ah, el reino sagrado de los cuartos... La cócara de Felicia es que María del Carmen se meta a jugar allí; pero ¿cómo resistir a la tentación? La cómoda de cedro, con su gran luna oval y sus gavetas olorosas a Palmolive y Heno de Pravia, es el altar de los milagros; la nena se extasía ante el neceser de la madre y

el joyerito de nácar, que a sus ojos simulan
un baúl de sortilegios y un cofre de pirata. A
los pies de la cama se yergue el escaparate
de madera parda y maciza con puertas pri-
morosamente labradas, que Felicia mantiene
cerrado con llave. «¿Qué extraordinarios
imperios se esconderán detrás de esas
puertas?», se pregunta María admirando el
bajorrelieve de caballos salvajes sobre las su-
perficies de color tabaco. A fin de desentra-
ñar el misterio, se alza en puntillas y pega un
ojo a la cerradura. Y a través de ella, en lugar
de las prendas de percal, nipe y holancina,
ve un bosque de robles; y más allá, la imagen de una anciana, con un túnico blanco y
unas alas de querube, sonriéndole desde un
prado de vicarias. La aventura se prolonga
hasta que el padre regresa del campo a
almorzar y descansar un rato, evitando así el
sol del entredía, cuando el ganado forma
revacaderos a la sombra de los algarrobos
de olor.

Tras la siesta, la niña se escabulle a otro
de sus santuarios. Sinsontes, azulejos,

tomeguines, ferminas y turpiales conciertan sus trinos sin perturbar la paz de la arboleda, sino más bien contribuyendo a ella desde el alba hasta el ocaso. La ceiba centenaria parasitada por el curujey se impone sobre el resto de los palos. Al pie de esta, sobre la tierra húmeda, María se tiende y observa… Le agrada cuando está soleado y hay brisa. Ver las ramas que se mecen con dulzura y casi la hipnotizan. Difícil definir qué siente entonces, los celajes que pasan por su mente. ¿Un recuerdo antiguo? ¿Una anticipada nostalgia? En cualquier caso, un *algo* inasible, allende las palabras, tembloroso y suave como un susurro de hojas o el sonido del mar. Es este el sitio perfecto para llegar al mundo o partir de él, apenas vislumbra: bajo la humilde y majestuosa cobija de un árbol. Más allá de su copa, el ojo del absoluto, de lo sublime eterno, le devuelve la mirada. Una mirada implacable, mas también llena de amor, como la de sus padres, quienes a esas horas, en la casona, reciben a las visitas para conversar y ofrecerles casquitos de guayaba con queso en minúsculos boles azules de porcelana de China. La luz de la tarde se torna dorada y María avanza distraída ahora a través del pastizal, acariciando las briznas ocres con la punta de los dedos. El viento mece la hierba y despeina los penachos de las palmas, que parecen danzarinas esbeltas salidas de un cuento oriental. La lejana voz de Felicia la trae de vuelta a la estancia…

El cuarto de baño es escueto y poco iluminado, con alguna que otra mariposa bruja posada en una esquina. La madre la ahuyenta diciendo: «¡Solavayas!», y María del Carmen ríe al sumergirse en el agua tibia de la tina, olorosa a manzanilla y ramilletes de azahar. Puesto que las flores verdosas un tanto blanquecinas del galán, arbolito copado con bayas como perlas, se abren al atardecer exhalando un perfume penetrante y venenoso que satura la atmósfera de los dormitorios, Felicia atranca las ventanas y enciende el farol después de la cena. «Luna lunera, cascabelera, cinco toritos y una ternera», canta María del Carmen. Así como la noche seduce los sentidos con sus violines o su purísima calma, la velada familiar a la luz del quinqué estimula el intelecto y la imaginación. Fortunato le narra a la pequeña historias de fantasmas, del pasado, como la de la botija de oro enterrada al pie de la ceiba. Felicia, a la manera de *miss* Evangeline, le habla del presente y del futuro, de la ciencia y los filósofos, de la comunión entre arte y naturaleza. María es consciente de que sus progenitores disfrutan esos momentos como el cultivar su pedazo de tierra. Esta noche, cuando logra leer sin equivocarse el nombre de la finca, Los Elíseos, su padre la levanta en peso como si fuera una pluma y la besa en la mejilla. Los hombres no necesitan alfabetizarse para sobrevivir, bien lo sabe él, pero ha comprendido con Felicia que hay algo más que la supervivencia del cuerpo. Lo ve en los ojos de María a la luz de la lámpara, en esa otra luz que nace dentro de ella mientras la madre la pone en la cama y le da las buenas noches… Y la niña no tarda en dormir el sueño de los justos.

Sueña en breve la inocente con un porvenir espléndido, hasta que su día en el paraíso de la casa y los alrededores recomienza. Allí repetirá, sin desencanto y con igual asombro, cada uno de sus gestos: el despertar en el mismo lecho, la contemplación matinal del molino, la exploración de los aposentos y la revelación en la arboleda umbría, el ritual del baño de azahares, la cena y la sobremesa. Y es feliz. Es feliz y nunca enferma ni desfallece porque yo lo quiero; a fin de cuentas, es esta una ficción lírica en la cual el cielo adonde fue su alma es aquel que compartiera en vida con sus bienamados.

Así es, lector: mi prima María no creció para padecer el drama absurdo de la existencia. En verdad, hace mucho, la infanta de mirada verde y cabello de lluvia lustroso ha muerto, fulminada por la tisis, y ya ni la casa hermosa ni la finca edénica subsisten en Ocamaniri. Al menos no en la isla física condenada al hundimiento y la desaparición: están ahora en la ínsula imaginaria, más real que la anterior. Aquella que, cual Golgonooza refulgente, emergería de los mares del delirio de un Blake crepuscular. No es esta, pues, la genuina y triste crónica de la niña difunta, ni una elegía, sino su dulce y cíclica canción de cuna. Una nana a la memoria indemne, al recuerdo incólume de esas invaluables cosas que, tras la tragedia, el incendio o el naufragio, me empeño en preservar, idealizadas en el arcón de las nostalgias de una alcoba liminal. Aquí, en este libro efímero como mi propio pecho, a pesar del tiempo y la distancia. Junto a las viejas cartas, los retratos sepia, los demás *mementos…* Pétalos, conchas, lepidópteros. Hojas nervadas y espigas de lavanda.

MATRIA CADÁVER

¿Y tanto amor a este rincón de tierra?
¿Acaso él te protegió en tu infancia?
¿Acaso amante te llevó en su seno?
[...] ¿O fue tu madre?
José Martí

Hace apenas una semana, cuando comenzaba a eternizarse el mal tiempo, una vecina me dijo que la bóveda de su familia se había llenado de agua. Y que para que sus muertos no se estuvieran muriendo de nuevo, ahogados en una sopa de lluvia, les echó garra a sus huesos y los puso en un saco de nailon. Ahí están, todos juntitos, concluyó, señalándomelos con el dedo. Yo, francamente, no supe qué responder… Excúseme, Maricusa. Esbocé una sonrisa cortés, me zampé el café de chícharos que me había brindado y salí como alma que lleva el diablo. ¡Se verán horrores, Satanás bendito!, masculló, sin olerme que lo peor aún estaba por suceder. Razón tenías tú, madre querida, en desear que al morir te tirara en las dehesas, envuelta en un pedazo de yagua... Para que los buitres me coman, pedías, ¿te acuerdas? Tranquila, para allá vamos ahorita, te consolaba yo, en tu lecho de agónica, puesto que de veras eso creía, y no precisamente porque fuera más ecológico. Si los vivos no le importaban al salado gobierno (y por vivos, entiéndase muertos vivientes o muertos en vida, nosotros, los muertos de hambre), ¿qué podrían esperar los muertos remuertos? Ni flores. En los patios no había ya dónde amarrar la chiva; solo cascajos, guisasos y talco marciano. Y viento. El hálito de la desgracia. Este temporal incesante, de hecho, no tiene nada que ver con el desmadre climático, estoy persuadido; ha sido como si las ánimas mismas se hubiesen puesto a llorar. Parece, en efecto, que las lágrimas de nuestros difuntos, su largo e inconsolable llanto salobre, nos hubieran cavado una gran tumba de agua. ¡¿Qué diantres es esto, Dios mío?!, me sorprendí, no obstante, al ver el cielo nublado, a ras de nuestras cabezas, hace cosa de una semana. Ahora, paradójicamente, lo estoy mucho menos, pese a que llueve y llueve y no escampa, y la isla, según el radio de pilas, se cubre por completo de agua. Sus pueblos, las ciudades, los campos. Pues se han crecido y desbordado los ríos, los lagos, cada puñetera represa o embalse. Y para rematar, el mar; ¡ah!, siempre el mar, la virgiliana y maldita circunstancia del agua. El mar se traga poquito a poco la tierra y sus seres. Solo nos falta el tiro de gracia: el sismo, la tromba, la ola de Kanagawa. ¡Zas! No quedará aquí títere con cabeza; y en la capital, nomás el chapucero monumento fálico en honor al dictador. Entonces, llegado a estos extremos, en vísperas del apocalipsis acuático, ¿qué rayos voy a preocuparme yo por si se me perdieron los trastos, mis libros preciados (único alimento), las cuatro mudas de ropa con huecos? ¡Ni bobo que fuera! Sobre todo desde que, subido a la cobija de guano, bajo mi paraguas maltrecho, vi pasar flotando a los ahogados. La primera fue mi vecina, la profanadora de tumbas, presunta soplona, con un aura tiñosa posada encima del vientre. Ya no hay otra que improvisar una embarcación de fortuna y largarse a un mejor lugar, cavilo (porque, claro, Mary Poppins no soy). Yo, Juan Descalzo, Juan Sincero, nacido y criado en donde crece la palma, para nada me enfrento al dilema de Hamlet: atrapado en una ínsula que se hunde, en un cuerpo que caduca, condenado estoy a ser libre. Libre y, en lo posible, feliz. Ni de aquí ni de allá, como Cabral; sin edad ni porvenir. Un ser para la vida, más que para la muerte, contrariamente a cómo me adoctrinaron. Y que mi mera existencia sea en lo adelante un acto de rebelión, una victoria personal sobre la herencia del tirano. Eso; tal es, en resumen, a esta hora de mierda mi urgencia y mi propósito. Y quien tiene una razón de ser, un porqué para vivir, sabido es, puede soportar casi cualquier cómo. Pero antes de pirarme, ya lo ves, Asunta Álvarez Santos, es inevitable; he puesto mi pensamiento en ti. Miro a la colina del cementerio, a un kilómetro, en las afueras del pueblo, dejando escapar un suspiro. Al menos, no viviste para presenciar el diluvio, este acabose de todo, definitivamente del régimen los días finales. ¿O será que estás al tanto de la invasión de las aguas? Solo hay una manera de averiguarlo, de modo que, sin rumiar más la cuestión, me lanzo a la achocolatada crecida. Dos pájaros de un tiro. Mientras trabajosamente nado hacia el camposanto en la loma, acarreo lo que puedo para construirme una balsa. Si para hacer una pradera, según la Dickinson, se necesita un trébol y una abeja y un ensueño, para una tabla salvadora bastan el ingenio y unos trozos de desesperación, un ápice del inclaudicable instinto de supervivencia humano. Los ensamblaré allí, a lo alto, por encima del agua, al pie de tu cruz ferrumbrienta, al tiempo que te invoco y te oro. Eco devengo de sempiternas voces fantasmales: *Mírame, madre, que estás seis pies bajo el terruño enchumbado, y por tu amor no llores. Perdóname el pecado de descender al reino de lo orgánico a perturbar tu reposo, al igual que disculpo yo a quienes me han desposeído y vapuleado. La lluvia y tu* recuerdo sacro libran mi pecho de todo mal, y contradicen de paso a Abdala. Sí. Porque el amor, madre, a la patria, no es ya para mí el odio invencible al Gran Necio que la oprime, ni tampoco el rencor al Enemigo Imaginario que jamás la ataca; mucho menos un ridículo vanagloriarme de la nación a la que pertenezco por obra y gracia del azar. Es, más bien, el amor elemental y simple, como el olor del pan nuestro horneado en la mañana, al sentido del cuerpo y de la tierra, sea cual fuere esta (así predicaba en el desierto Zaratustra); el amor a las briznas de Walt Whitman; a la hierba que, ha mucho, acariciaban tus dedos en la llanura calcinada o que pisaban nuestras plantas; y mi amor a ti. Si alguna vez tu martiano corazón llené de espinas, piensa, oh, madre, que más allá del mar, la noche y la tormenta, nacerán entre espinas flores. Amén. Y zarpo. Me dejo llevar por la corriente y paso, eventualmente, con harto esfuerzo, del arroyo de la sierra al vasto ponto encrespado. A la sazón, continúo mi odisea en el piélago de la soledad y el desamparo, por el océano del Todo. Con cada remada, desafío al Estado fallido que me negó derecho y libertad. La vida solo puede ser comprendida mirando hacia atrás, me enseñaste a tu manera, sin haber leído nunca a los filósofos, pero ha de ser vivida observando hacia adelante. Mi futuro es, en este instante, tan irreal como el horizonte, mas por suerte no solo he cargado, literalmente, con tus restos, vestigio material de mi pasado metido en un talego; también me acompañan tu espíritu de lucha cotidiano y tu reminiscencia, ese hilo inquebrantable que me conecta, a través del laberinto del tiempo y la distancia, con intangibles raíces ancestrales; luz y guía y protección en las tinieblas y la inmensidad del mar luctuoso. Y la esperanza. O la certeza. El convencimiento de que en un lugar de tierra firme hallaré la próspera quietud y la belleza que nos fueran confiscadas. Una patria nueva, como la aurora. Y en ella, en un rincón de prado bajo el cielo amplio, plantaré otra vez tus huesos y memorias, cual simientes de un milagro, seguro de que un día te levantarás del polvo hacia el firmamento, madre, amantísima madre, en forma de lirios y rosas encarnadas.

FLORES DEL CAMPOSANTO

Todas las cosas surgen del vacío y regresan a él.
Los seres nacen y crecen para retornar a su raíz.
El regreso al origen devuelve la calma.
Lao Tsé

Las casas de antaño, el viento en los acantilados, los alcatraces y el mar... Hasta allí me guió una Argus azul, en cuyas alas resplandecía un cielo secreto. Qué lejos estaba en aquella isla desierta del instante de mi llegada a Montreal, casi una década antes, aun cuando me pareciera que había sido la víspera. También de mi pretensión de inmigrante bisoño, mientras sobrevolaba la urbe noctámbula espolvoreada de nieve como finos cristales de azúcar: conquistar la tierra prometida, donde cada persona es una nación en sí misma, y la sociedad se prosterna a los pies de un dios cartesiano: el dios del raciocinio y el éxito. Recomenzar. Devenir profesor de una lengua que no hablaban mis padres de linaje hispánico… Y al cabo, ¿cuál sería la próxima meta? Desde aquel precipicio ventoso, frente al Rocher Percé teñido por la luz del crepúsculo, me daba la impresión de estar varado ante un horizonte que marcaba el fin del mundo, una línea imaginaria más allá de la cual no había otra certeza que la nada. De mi lado, en cambio, el entorno inmediato y cada uno de sus segundos eran míos. Solo yo, la *Polymmatus icarus* sobre las flores níveas como asfódelos… y «la perfecta vacuidad».

Cuanto más nos acercamos a la muerte, más valoramos lo que nos resta de vida, me dije en el desolado Cimetière des Saints-Anges. «No somos más que el tiempo que nos queda caminando hacia el olvido que seremos», como escribió Iribarren, para quien lo mejor es, por cierto, no darle vueltas al asunto: «seguir andando, [...] enamorarse, ver la lluvia…». Y recordar, agregaría yo, pues también eso somos: el origen, el camino recorrido en cuya evocación nos confortamos. Sé feliz, vive intensa y lentamente, haz que cada minuto cuente, rezan dictadores y gurúes de la felicidad, aunque a esas alturas no había necesitado de ellos para emprender aquel viaje a mi propio Hades en el gran norte quebequense: soy consciente de mi perpetua caducidad, como Leopardi, desde que tengo uso de razón.

Qué lejos, sí, pero qué cerca me sentí a la par, en la isla Bonaventure, de la *casa abuela*. Cuando fui a despedirme de Mima, un día antes de mi evasión de Ocamaniri, había tenido la corazonada de que era la última vez que la vería en vida. Ya sentado en el aeropuerto, frente a una ventana radiante a través de la cual se divisaba el avión bajo la llovizna de marzo, por anticipado, lloré su pérdida. De algún modo, sin embargo, me acompañaba cual amuleto contra el maldeojo y la tormenta, y continuó haciéndolo cuando abordé el alado artefacto y ascendí a las nubes por la ruta del viento. Abajo, la ciudad de Paraíso Proletario, la isla siniestra y mis problemas mundanos se volvían cada vez más chicos... hasta desaparecer.

Cinco años de estudios universitarios y otros tantos de ejercicio periodístico amordazado me condujeron a aquella aeronave con destino al exilio. Era hora de volar... libre. En el campo remoto, postrada a causa de una fractura de cadera, Mima perdía poco a poco la memoria, mas no su clarividencia, y preguntaba por mí, lo único perenne en su mente; me echaba de menos con igual o más intensidad que durante la prestación de mi servicio militar obligatorio en una provincia distante, o en el curso de mis estudios preuniversitarios en un instituto rodeado de plantaciones de naranja. Allí se apareció un domingo, cuando aún podía andar y montar en camiones, y tuve que rogarle, por su bien y mi tranquilidad, que no repitiera la hazaña. En lo adelante, eso sí, no dejó de enviarme sus chucherías, ni aquellas carticas mal ortografiadas, las más tiernas del mundo. Igual que por los tiempos de mi secundaria, cuando con tal de no becarme me había ido a vivir con mi padre.

El campo, en efecto, fue a los ídolos maternos como la ciudad a mi progenitor, quien residía en un edificio elevado y rojizo cercano a una bahía. Ese sitio jamás se convirtió en hogar. Mientras desde el balcón contemplaba el mar y la sofocante jungla de asfalto, tan semejante al cementerio vecino, se prolongaban las horas de hastío. También cuando hacía la fila toda una tarde para llamar a Mima desde un teléfono público, o mi padre no venía a por mí para llevarme a verla el fin de semana. No hubo otro remedio, a la larga, que lanzarme a viajar por mi cuenta y riesgo hasta el hueco de donde había salido al término de la escuela primaria.

Dulce Purgatorio. Antiguo asentamiento de vaqueros y bordadoras de sueños; pueblucho carente de ubicación en el mapa, pero no de río, con sus llanuras sin límite y un puñado de colinas rocosas. Teatro de las peripecias de la infancia. Explorar los alrededores con otros chiquillos, mataperrear en bici, buscar guayabas y pomarrosas, perseguir lepidópteros… como antes lo había hecho solito en el patio de casa.

Mi genuino hogar, aquel de tabla de palma y techo guano, era la mitad de uno, dividido cuando mi abuela se separó de su segundo marido. Desde el callejón de enfrente, advertíase que el tabique central interno se proyectaba invisiblemente más allá de la fachada y el fondo, cortando el terreno cuadrangular en dos universos distintos, aunque complementarios, cual hemisferios cerebrales. Mima, a la izquierda, cultivaba el jardín de los afectos y el orden; su ex, del lado opuesto, se entregaba a la entropía y los placeres profanos… Ni uno ni otro, entretanto, adolecían de imaginación ni de saberes silvestres. Además, estaba «la Casa», la otra, en la campiña profunda. Era, por antonomasia, la Casa Madre, la de los progenitores de Mima. Aquella que la parió y educó a ella y a sus nueve hermanos, erigida en medio de una finca tributaria de caña de azúcar al ingenio de la comarca. Don Manuel, nacido en Carracedo, provincia de León, España, habría llegado a América huyendo de la guerra, oculto en un barril de manteca. Se hizo colono y desposó a María la Santa, una criolla que lo amó más allá de la tumba. De ellos conservo reminiscencias opacas, sin duda ficticias, vestigios de un naufragio en el mar de la nostalgia.

A mi pequeña y sagrada familia, en cambio, la tengo más que presente: Madre, Padre y Espíritu Santo (o sea, Abuela), bajo la fresca cobija de palma. Mi madre, aspereza y cariño en una palabra. Mi padre, un recluta, un chofer, un donjuán… y luego, demasiado pronto, una ausencia. Mi abuela, la anciana infatigable que no podía «estar sin hacer nada», «ni coronada de oro»; respetuosa de la lluvia, el viento y el trueno. Eterno Ángel Guardián. Quien una madrugada, cuando temí dormir en lo oscuro, me acogió a su costado (el del corazón), cual si recuperara una de sus costillas. En ello medité décadas más tarde, el día de su deceso, embargado por el vacío y la soledad del desarraigo; también desde aquel santuario de aves migrantes, ínsula de *buena fortuna,* confinada como la *peirata,* circular como mi Ocamaniri... Tan lejos, y al mismo tiempo tan cerca, a la distancia del pensamiento y de la emoción desbordada.

Morir, oh, Schopenhauer, no es un dulce despertar tras una noche de pesadilla. Al fenecer nomás volvemos a casa, es decir, al seno de la naturaleza, del cual salimos por un corto periodo. Pasto de larvas y microorganismos, eso seremos; humus y átomos de carbono... Mas si fuera verdad, al menos, que justo antes de expirar la vida toda nos desfila ante los ojos, a manera de caleidoscopio, ojalá que fuera en retrospectiva. De tal suerte, mi odisea mental terminaría en el recinto donde descansaba de niño con Mima, a modo de retorno a la raíz, a la semilla, a mi tierra *matria.* Y si no es mucho imaginar, que sea un irse a dormir para no despertar. Pues así como a unos los apacigua la idea del paraíso celeste, a mí me consuela la de refugiarme en aquel rincón entrañable, cual si tal fuera mi campo de flores elíseo, mi nicho en la islita Bonaventure. Y pasar el resto de la eternidad a su lado, en el cuartito límpido y tibio que ya no existe sino en mi vago recuerdo, de ventanas a doble batiente aledañas al jardín de sus rosas. En ese diminuto paraíso terrenal, donde lo real y lo onírico estaban hechos de la misma sustancia, solo habría espacio para ella y yo, el inocente de dos o tres años, en la colombina bajo la cual acechaban los espíritus; la camita flanqueada por el maletín de cuero negro sobre el balancín polvoriento, su máquina de coser Singer, una imagen de yeso del Sagrado Corazón sin color, y el tibor de peltre blanco donde, sin asombro pero con susto, vomité aquella mariposa… alguna vez, cuando todo era posible.

ÍNDICE

GRATITUDES

A todos los que, de una forma u otra, hicieron posible estos relatos; en especial, a Mariurka Martínez, quien me contara la travesura temeraria de su abuelo; a Yerzon Barukz, por las remembranzas sobre Mami Paula; a Emma Sofia y sus ángeles. También, a Yordan Rey, por el aliento y la luz.

www.ingramcontent.com/pod-product-compliance
Lightning Source LLC
Chambersburg PA
CBHW071205130726
47998CB00002B/622